FLORET
READING

小花阅读

我们只写有爱的故事

青春阅读　幸得相见

大鱼

有爱的青春陪伴者

怪他过分宠溺

海 汐 / 著

花山文艺出版社
河北 · 石家庄

海　汐

H　A　I　X　I

温和的江南女孩，内心柔软却不善表达。
喜欢美食和烘焙，喜欢写温暖的故事。

已出版小说《初恋男友是爱豆》
《谁曾许我地久天长》《你是我的小美好》等。
微博：@ 海汐 joy

Z U O Z H E J I A N J I E

目录 / contents

第一章……001
她的丈夫，恨她入骨

第二章……016
小不点，懂什么叫专一

第三章……026
她想知道，他爱着的那个人是何模样

第四章……047
戚雨牧的太太，果然出众

第五章……064
她的眼神晦暗冷漠，锋利得仿佛冰刃一样

第六章……075
如果你怀孕了，要马上告诉我

第七章……086
我住在蓝鲸酒店，你要和我一起回去吗？

第八章……101
他轻喃着她的名字，只感到满满的心痛

第九章……115
没用的东西，最后还是要靠我出来帮你

第十章……131
我可不是那个只会给人欺负到哭鼻子的傻瓜

第十一章……145
她想要去见的那个人

目录 / contents

第十二章……161
我们是夫妻，睡在一起很正常

第十三章……176
你放开我，别用你的脏嘴碰我

第十四章……188
我觉得，我们以后不用分房睡了

第十五章……202
没关系，哪一面的你都是你

第十六章……217
医生，帮我拿掉这个孩子

第十七章……232
怪物，你是怪物，怪物

第十八章……253
我爱你，不要忘记我

第十九章……260
真好，你那么早就喜欢我了

番外一……270
孩子二三事

番外二……278
藏在笔记本里的旧字条

第一章

她的丈夫，恨她入骨

“顾小姐，看你病例上显示已婚了，验孕过吗？以你的症状也可能是怀孕了。”戴着口罩的医生公式化地说。

顾彩虹听见“已婚”两个字的时候愣了愣神，之后才模糊地回应：“嗯。”

“这样吧，先去验孕。”

“医生,不是怀孕,那个最近……没有……夫妻生活。”她涨红了脸，费了很大劲才把这句话说出来。

医生有些意外地瞥了她一眼，但也没表示出太大的震惊：“那这样的话，多半是肠胃问题了。”

顾彩虹取了药走出医院的时候已经快中午，江城市的大医院永远这么忙碌，她看了看外面的太阳，瘦削的身影走入阳光底下。

顾彩虹花了一小时才回到家里，这个静谧的别墅区，和她身上的打扮是有些格格不入的，警卫也一直把她当成是这里富人家的保姆。

顾彩虹想到方才在医院里忽然被说到已婚的事，这两个字对她来说太过陌生。

很多时候，她都没有自己已经结婚了的概念。她这个婚，结和不结并没有什么区别。不，应该说只是多了一个恨她的男人。

她的丈夫，恨她入骨。

顾彩虹回到家，面对着空荡荡的屋子。结婚一年了，她见到戚雨牧的次数屈指可数，她明白没有谁愿意对着自己厌恶至极的人。

戚雨牧是一个近乎完美的男人，他会那么多的事，却唯独不会爱她。

顾彩虹轻轻叹口气，将药品整理好，正准备给自己做点儿简单的午饭时，手机响了，是母亲打过来的。

“彩虹，今天是你生日，和雨牧一起回来吃饭吗？”

“妈，我不回来了。”顾彩虹回答得有点心虚。母亲身体不好，她从来不敢让母亲知道自己结婚后的真实情况。

“妈妈知道了，他是要给你单独庆祝生日，对吗？”

“嗯。”顾彩虹轻轻地应声，“妈，你身体怎么样？下星期我会回来一趟。”

“傻孩子，别担心，昨天刚做好透析，这星期还有一次，我记着呢。”

“妈妈，你一定要保重身体，有什么不舒服就马上给我打电话好吗？还有，让王阿姨时常跟我联系。”

“好好好。”手机那头传来母亲的笑声，“你这孩子，少担心我，多关心关心你丈夫。结婚了就有你自己的家了，好好维护夫妻感情，千万别跟妈妈一样。”

“我记住了。”顾彩虹装出轻快的样子不让母亲听出有什么异样。

挂了电话，顾彩虹一点儿胃口也没有了。

顾彩虹的父亲很早以前就有了外遇，他们还生了一个女儿，只比顾彩虹小三岁。

顾彩虹有时候觉得母亲很没眼光，会看上这样一个烂男人，赔上自己的一生，然而她没有资格去指责母亲。

她母亲许惠琳年轻时是一个美人，不仅吸引了她父亲顾之乔，还吸引了戚雨牧的父亲戚贵生。

戚贵生一直遗憾没能娶到许惠琳，便在许惠琳的孩子出生的那刻许诺，以后要让两人的孩子结婚。

顾彩虹跟戚雨牧的婚事就是这么来的，说来也是讽刺。

一年前，还没结婚的时候，戚雨牧就找过顾彩虹，告诉她，他不会与她结婚，他有自己喜欢的女人，是不会娶她的。

那时候，顾彩虹也答应了他会拒绝，会在戚贵生面前说清楚。她不想强人所难，既然戚雨牧有心爱的人，即便多年来她一直暗恋他，也不会有结果，她何必去毁了她最在乎的人的幸福。

然而最后在戚贵生面前，她却反悔了。她答应了婚事，让戚贵生喜笑颜开，却换来戚雨牧彻底的厌恶和鄙视。

从那时起，戚雨牧认定她是一个爱钱爱名利的女人，为了得到戚家少奶奶的位置，在他面前假惺惺地演一出戏，最后出尔反尔，让他上当。他恨死了她。

顾彩虹轻轻抱住胳膊，心底冰凉。她还没有这么无耻，答应他会说清楚，拒绝这门婚事时，她是真诚的，也真心希望他能幸福。

然而她父亲顾之乔威胁她，要她一定答应这门婚事。

顾之乔为了自己的生意,志在和戚家攀上亲家,对他百利而无一害。

顾之乔用许惠琳做要挟，声称如果顾彩虹不答应婚事，他就不再去看望许惠琳，也不会再负责许惠琳每月可观的透析支出。

顾彩虹想不到办法，医疗费的事或许她可以求戚雨牧帮她，但他再也不见母亲这件事，对许惠琳会有多大的打击，顾彩虹很清楚。

即便两个人早已离婚，但顾之乔每个月还是会去看望许惠琳，而这仅有的会面成了许惠琳日日的期待。

顾之乔虽不忠，但对许惠琳一向温柔，而许惠琳就是贪恋他的这种温柔。

顾彩虹虽然无法理解，却明白母亲是绝对离不了父亲的。

在这样的情况下，她反悔了对戚雨牧的承诺，成为戚雨牧眼中卑鄙无耻、用尽手段霸占戚家少奶奶位置的女人。

夜幕降临，顾彩虹没有什么睡意，还在认真地画着造型图。她的工作是造型设计，为各种演出设计舞台造型，以及演出者的衣服、头饰等。

她所在的团队名叫“流光设计”，在业内不算多有名，但也完成了几部叫得出名字的戏剧的造型设计，有了稳定的客户资源。

顾彩虹喜欢画设计稿，这样寂静的深夜，灵感飞扬。

突然，门外传来了动静，顾彩虹听到有人按门铃。

她顿时有些不安，跑过去从监视器上看到了认识的面孔，是戚雨牧的男助理盛安。

“顾小姐，今天公司纪念会，总裁多喝了几杯，我送他回来。”

戚雨牧的助理没有喊她“戚太太”，全都有默契地叫她“顾小姐”。顾彩虹心中苦笑，大概连员工都知道她这个太太有多名不正言不顺，有多让他们老板厌恶吧。

顾彩虹只能帮着盛安一起扶戚雨牧。

戚雨牧常年忙碌,很少回来,但他的房间顾彩虹是一直有在打扫的。

盛安把戚雨牧扶到床上，对顾彩虹说：“顾小姐，我还要去处理一些事，总裁就拜托你了。”

顾彩虹来不及说什么，盛安就匆匆走了。

顾彩虹看着戚雨牧。

橘色的灯光柔和地照在他脸上，深邃的五官俊朗非凡，眉眼像画一样。

在设计稿里，这绝对是一张建模一样的脸，太好看了。

顾彩虹说不清自己心底的悸动,尽管他对她从来没有一刻好脸色，但她仍忍不住想要亲近他。

生日的夜晚，还没有过十二点，居然见到了戚雨牧。

顾彩虹有种寂寞又心酸的难过，这算是她的生日礼物吗？

戚雨牧感到脸上有一阵温热。他今天心情很糟糕，多喝了几杯，通常他是不会这样放纵自己的。只是那个人，他又听到了她的消息。

她要回国了。

他只觉得胸口发闷发痛，她回来了又如何？他结婚了，一切都再不能挽回。

热毛巾小心翼翼擦拭着他的脸，给他带来了几分清醒。

戚雨牧睁开眼，对上一张清秀，却让他看见就觉得反感的脸。

“你在干什么？”他倏地拽住女人的手，眉峰轻蹙。

看见她，他心情更坏了。

“我……我给你擦一下脸。”顾彩虹有一点结巴，听得出她很紧张。

她越是这样，戚雨牧就越讨厌她，这个把他骗得彻底的女人，现在又装什么纯情小兔子的模样。

“啊！”顾彩虹被戚雨牧猛地一拽，整个人跌到他身上，惊慌失措，一双眸子瞪圆了。

她的眼睛，让戚雨牧有瞬间的怔忡，没有恶言相向。

那双眼睛很美，闪着水光雾气，氤氲得就好像要哭出来一样，看上去楚楚可怜。

顾彩虹害怕戚雨牧，婚后他们仅有几次的亲密，都不是什么好的记忆。

戚雨牧深湛的眼眸闪着寒光，深不见底，那样看着顾彩虹，让她心里的怯意更深。她很想逃回自己的房间。

下一刻，男人火热的唇封住她所有的呼吸。

顾彩虹从未受过如此激烈的吻，他的怀抱是如此炙热，仿佛一团火要把自己烧着。

这样肆无忌惮的吻，令顾彩虹在慌张的同时感到一点温暖。

她闭上眼回吻过去，热情又虔诚地献上自己。

炙热的情火在深夜蔓延，这个晚上顾彩虹不再觉得寒冷，和她心底的挚爱在一起，这样的自己，才有活着的感觉。

她真的好喜欢他，他的笑容，他的霸道，她都收藏在心中。

“林翎……林翎……”他抱着她，却呢喃着另外一个名字。

顾彩虹听见男人深情的呼唤，眼泪顺着脸颊无声流下。

灼热的温度散去，房间里有些冰冷。顾彩虹不想看见清醒过来的戚雨牧的眼睛。

他的眼睛是她心里最好看的眼睛，似装着星辰，只是看向她的时候，如同寒冰。

顾彩虹轻轻起身，下床弯腰拾起自己的衣物，一件一件慢慢地穿上。她的眼睛又热又模糊，强忍着泪。

她几乎是逃出他的房间的。

一逃回自己的房间，她跌坐下来，再也抑制不住，捂着自己的脸低声呜咽起来。

早晨，顾彩虹早早就把早餐准备好。她和戚雨牧相处的机会很少，因此对他的用餐习惯不是很清楚。为了不出错，她煲了粥，也准备了一些简单的西式早点。

顾彩虹有点害怕面对戚雨牧，正想着自己是不是要进房间回避一下的时候，听到声响，就看到男人从他自己的房间走了出来。

他穿着睡袍，头发还湿漉漉的，应该是刚洗完澡。他俊美的脸庞干净清冷，其实他笑起来很温柔，可是他不会对她笑。而他不笑的时候，就像自带疏离的气场，显得那样冷漠。

所以顾彩虹害怕面对他，更怕接触到他那双深邃的眼里冰冷又厌恶的光芒。

两人视线相触的时候，彼此都有些尴尬。

“早餐做好了，有热的粥，你喝了酒胃不舒服的话，可以喝一点，会舒服些。”她转过身轻声说，不动声色地将早餐摆好。

然后，她就准备离开回房，她想他看见她应该会没胃口，一定不想面对她吃早餐。

在顾彩虹迈步的时候，听到身后戚雨牧的声音：“是你把陈嫂辞退的？”

他轻轻皱眉，想到母亲对他说起的事。

“妈妈对我说，你不想家里有闲杂人等，就把陈嫂辞退了。”

他说的事顾彩虹听得有几分茫然，回过头对上男人冷冰冰的视线，在捕捉到那视线里熟悉的嫌恶时，她的心轻颤了一下，她只能“嗯”一声，无法解释这整件事，他应该也不会相信她。

其实顾彩虹并不清楚戚雨牧说的陈嫂的事，前些日子陈嫂离开，是她婆婆沈芳的意思。她记得当时婆婆的说辞，她说她既然嫁了人，做戚家媳妇，就该好好学学家务事，别什么都游手好闲。

沈芳在电话里明明是这样交代的，可为什么现在成了她辞退陈嫂呢。

“陈嫂在我身边照顾了我十几年了，我的喜好和习惯她都非常清楚。你自作主张，什么都不了解。”

他实在无法对这个女人心平气和，看一眼桌前玻璃杯里的纯牛奶，抑制自己的情绪：“这是什么？我不喝牛奶，我只喝咖啡。”他真的不喜欢自作主张又爱作妖的女人，而这女人偏偏是他妻子。

顾彩虹没有作声，戚雨牧见她沉默，便也不想再说了。

室内的温度几乎降到零点，沉默安静，却不是那种让人舒服的气氛，直到一杯咖啡轻轻摆到桌边，戚雨牧望见顾彩虹那张苍白清秀的脸孔。

听到她安静的声音：“你的咖啡。”

他怔了一下，就见顾彩虹转身离开了晨厅。

他看着眼前的咖啡，发觉居然是加了奶的咖啡，她怎么知道他这个喜好？手指揉了揉太阳穴，只觉一切都很无力。

顾彩虹回到自己的卧室，准备换装出门，九点的时候她要去工作室见一下老板。

别墅群离市中心有一段距离，而她还没有自己的车，换乘公交车的话要转三次。戚家的这栋别墅，车库里有两辆车。但都一直停在那里，不见有人开。

防尘布上都快落灰尘了，之前陈嫂会打扫。陈嫂离开以后，顾彩虹也会隔段时间去清理一下灰尘。

戚雨牧很少回家，他回家的日子，进出都有助理接送。所以那两辆车，就算是他的，顾彩虹也从没见过车钥匙在什么地方。她当然不会去问戚雨牧要车开。

戚雨牧接了盛安的电话，准备出门。他马上要去米兰公干，这一去会有一个月之久，他想了想，终是起身走到顾彩虹的房间，准备和她说一声。

房间门虚掩着，戚雨牧便顺势推开，刚想要说话，入眼的画面却让他怔在那里。

顾彩虹背对着他，正在换衣服。上半身一丝不挂，裸露白皙的后背，在透过窗帘的晨光里微微朦胧，那线条很美。似乎是他第一次觉得顾彩虹很美。

他怔然中觉得尴尬，刚想要避开，却对上顾彩虹被惊动的脸，那张有些惊慌失措的清秀脸孔。

她下意识捡起衣服掩住身体。意识到两人之间这份陌生跟疏离，戚雨牧心上有种难言的烦闷。

他和她，真的就像陌生人一样。可笑的是，他们是夫妻。

他冷了神色，低沉的声音开口：“我马上要飞米兰公干，时间大概一个月。”

“嗯，好的。”她应了声，听上去竟有一点乖巧的傻气，让他晃神地觉得她没那么讨厌了。

戚雨牧立时静了静心神，不再看她，转身离开。

米兰的雨季和往年一样，湿漉漉的，喜欢的人会很喜欢，厌恶的人亦会很厌恶。

戚雨牧静静地站在展室里，让他驻足的是一件饰品。

那是一支珠宝发簪，全部用水晶镶嵌的钩环，串联起海蓝色的宝石，中心的那颗宝石蓝得纯净彻底，像最迷人的瞳眸，也会让人想起地中海温情的海浪。

总之，是他很喜欢的蓝。

而这支发簪，也突兀地让他想起一个人，完全没有预警的，想起她。

顾彩虹，她有一头乌发，像墨缎一样光滑，这发簪如果在那袭乌发上，似乎是很美的风景。

这是个不和谐的想法，连戚雨牧自己，都无法解释怎么会忽然想起那个他并不喜欢的女人。

但是，结婚至今，他从未送过她任何东西。或许应该送一件？他有些迟疑地想。

“雨牧，你在这里啊。”顾樵的声音响起来，让他稍稍回神。

“我真是厌恶这该死的天气！又下雨了，你倒好像怡然自得。”顾樵抱怨的话语让戚雨牧微微一笑。

他确实喜欢雨天，喜欢这种安静的干燥室内的氛围。或许因为他的名字里有雨字也不一定，母亲就说过他出生的那天也是下雨。

顾樵是他多年的好友，华裔。

“克里斯按照之前的意见把企划补充了，等下的会议会做最终表决。”顾樵交代完公事，顺着戚雨牧的目光，发出了高兴的呼声。

“你对这个感兴趣？”顾樵的目光熠熠，“怎么样，不错吧，这是乔安娜的主意。这个很有中国古典韵味的发簪，是今年我们主推的中国风系列。”

他的声音带着自豪，乔安娜正是他的妻子。

“很好看。”戚雨牧安静的声音评价说。

“原价，不会打折。”顾樵逗趣地看着他。

戚雨牧怔了一下，难道自己真的满脸很想要买的模样？

顾樵的助理送来了咖啡，两人坐到展厅靠窗的会客室里，悠闲地喝着咖啡闲聊起来。

戚雨牧看向窗外，雨滴簌簌，落在这座哥特建筑的铁栏杆上，颇有中世纪的韵味，他喜欢那些深漆斑驳有岁月痕迹的东西。

“我要当爸爸了！”顾樵嘴角上扬，对好友说出这个消息的时候仍是忍不住的兴奋开心。

“恭喜你。”戚雨牧被他的笑容感染，笑着祝贺。

顾樵摸摸头：“意外意外，还真是没想到的事情。我原本也没想这么早做父亲的，虽然开心，但又手足无措到惊吓也是真的。”

戚雨牧喝一口咖啡：“你结婚还没一年吧？”

“对啊，都比你时间短，说起来你结婚都一年多了，怎么样，一周年庆祝怎么过的，给我出出主意，我可要好好安排，不能让乔安娜失望。”

他的话让戚雨牧心中一怔，一周年结婚纪念？太陌生的词汇了，他都没算过自己结婚多久，亦不记得周年，更别提庆祝了。

他与顾彩虹真正相处的时间，也许加起来还不到一个月。

在他出神的时候，又听到顾樵说：“乔安娜是个很有心思的人，我还真怕不能让她满意。本来孩子的事情就是意外，那天我喝醉了，避孕都忘了……”他摸着鼻子说得坦荡却也羞涩。

朋友无心的话让戚雨牧心绪微动，喝醉让他想起了之前那一夜。

婚后，他和顾彩虹的亲密屈指可数，可那天晚上他喝醉了，显然也和顾樵一样，做措施这种事根本没有清醒的意识。

他怎么没有想到，顾彩虹也可能怀孕。

这个想法，令戚雨牧的心突地跳了一下，他说不清是什么感受。

顾樵沉浸在自己的喜悦里，宠溺地说起妻子：“乔安娜脾气可大了，最嫌弃我的就是说我不浪漫，不体贴不会讨好她，女人啊，结婚后还真变个样，恋爱的时候多温柔啊，现在完全不见了。

“你家中的那位如何？当初婚礼时看上去是个很温柔的人呢。”

他转而问戚雨牧，还记得婚礼时见过的顾彩虹的模样，那可真是个古典型的中国女孩。

看起来温婉贤惠，在国外长大的他，看到顾彩虹的时候，感觉像看到了旧时那些挂历上穿旗袍的中国女子，很有那个味道。

“她不常抱怨。”戚雨牧皱着眉像是想到了什么。

顾樵不知道这两个人真实的情况，便会错了意，打趣道：“少来，别骗人了！最近一年你常常两边飞来飞去，哪个女人能够忍受丈夫长时间不在身边的，除非她不爱你。”

他这句无心的“她不爱你”，倒是让戚雨牧清醒了不少。他冷静下心绪，又恢复到往常的漠然，淡声回答：“她很懂得自得其乐。”

是了，得到戚太太这个身份，顾彩虹自是能物尽其用。至于她每天在做什么，他真的没兴趣知道也不想知道。只要不打破他的底线，他可以当这个人不存在。

第二章

小不点，懂什么叫专一

顾彩虹不可置信地看着自己的父亲：“你停了妈妈的医药费？”

“什么叫停，你说话别这么难听，你爸爸最近周转困难，所以让你先垫一下。”顾之乔现在的太太赵霜出了声，口气咄咄，比顾之乔这个男主人更有气势。

顾彩虹蹙眉看着她，刚想说什么，顾之乔也乘势开了口：“你别说什么和当初说好的不一样。此一时彼一时，我上次叫你帮忙，在戚雨牧那里帮爸爸说说，新季珠宝的宣传和我们顾氏合作。你当时是怎么回应我的？你说你帮不了。”

“我的确帮不了你，他不会听我的，我的话在他那里亦没有分量。我说的都是实话。”顾彩虹不亢不卑地承认。

赵霜冷笑：“那不就是了，戚雨牧一点儿情面都不讲，不选择我们顾氏。现在经济不好，你爸爸生意艰难，公司都快维持不下去了，还怎么结你妈妈的医药费？”

她上下瞅顾彩虹一眼，轻轻“啧”了一声：“你是出嫁的女儿了，丈夫又是大富豪，你也可以跟戚雨牧商量啊，别只想着问你爸爸要钱。在生意上帮不了你爸爸，不会连你妈的医药费都解决不了吧，这么不得丈夫的心，你这婚也算白结了。”

顾彩虹被她说中，轻轻咬唇：“这个月我可以想办法解决，但妈妈的事爸爸你不能就这样甩手不管。如果这样的话，当初你逼迫我嫁给戚雨牧的事，也不必继续下去。我会马上离婚。”

听到她说离婚，顾之乔听得心头火大，瞧着顾彩虹那张不怎么讨喜的脸，就是一头气。

她这副干巴巴的样子别说跟别人比了，就连她妹妹欢好都比不过，也难怪不得戚雨牧的心。

顾之乔冷笑起来：“离婚？好啊，你要离就离。反正我也没沾到半点好处。那就把话说开，你离了婚我就跟你妈再无关系，也不会再去看她，以后就交给你，你们母女自生自灭吧。”

顾彩虹因他无情的话语，听得气窒心冷，但想到母亲每月里那些殷殷期盼的眼神，她实在无法想象，若是他真的毫不留情抛弃母亲，母亲会是何模样，恐怕连活都活不下去了吧。

顾彩虹心酸心痛，只能死死咬唇，深吸一口气，看着顾之乔：“好，医药费的事我自己解决。但母亲那边，你还和以前一样继续去看她。戚雨牧岳父这个名头，我不信你得不到半点利益。你只要对妈妈和从前一样，我就不会离婚。不然我不介意鱼死网破。

“另外，你应该清楚戚雨牧这个人沉稳持重，不是别人可以左右的。我不得他的心，你也不用打什么主意他会因为我做某些退让，那是不可能的。”

顾之乔和赵霜没想到她说得那么直白，一时互相对视，复杂又恼人的神色只有他们彼此明白。

戚雨牧坐在去机场的车上，窗外的风景一一掠过，他的手摸进口袋里，碰触到那支发簪。

发簪被包装得很好，静静躺在淡紫色的礼盒里。他静然地凝视片刻，又放回口袋，心中还是弄不清楚自己怎么就买下了。

但是，从顾樵的口里，他知道了原来一个男人在婚后，要做的有这么多。

从前他有爱人的时候，也曾憧憬过婚姻生活。那时候的他肯定没想到，自己真实的婚后生活会是现在这般模样。

戚雨牧轻轻叹口气，将视线移向窗外。

经过十三个小时的长途飞行后，飞机落地江城机场已经是早上九点。

戚雨牧在盛安的接送下准备回家，经过一块播放的屏幕时，却听到里面传出的新闻消息：

“著名的芭蕾舞蹈家林翎小姐已于昨日回国。据悉，此次林翎将全面回归江城芭蕾舞团，不日将进行演出……”

戚雨牧迈出的脚步一滞，却终究没有回头去看那块屏幕，和屏幕上那张自信绝美的脸孔。

戚雨牧没想到回到家会见到这样一副光景。

一向有洁癖的他，家里的整洁不见了，乱七八糟不说，还多了一个小孩子。

一个大约五岁的小男孩，正捧着一罐牛奶喝得开心，戚雨牧开门进来的时候就和这个小孩子大眼对小眼。

小孩子黑溜溜像玛瑙一样的眼睛看着他转了圈，呆滞了几秒，奶声奶气地发问："你是谁呀？"随即又大喊起来，"姨姨，有坏人来了！"

戚雨牧被这小孩子脱口而出的奶音一怔，他拖着行李箱，一时竟愣在那里，很怀疑自己是否因为时差的缘故，出现了幻觉。

顾彩虹闻声急急忙忙地从餐厅跑出来，就看到一大一小两个"互瞪"的情景。

戚雨牧修长的身形立在那里，深蓝色的长风衣，俊美绝伦的面孔上带着行程的疲惫。

"小熙，嘘！"顾彩虹朝孩子做了个安抚的动作，过去抱住他，看着戚雨牧说得有几分慌张尴尬，"这是我同事的孩子，我帮忙照看一下。"

她不知该怎么解释，可看着被晨熙弄乱的屋子，想也知道戚雨牧会生气。

一个旅途疲惫的人，回来看见这样的家，怎么都不是愉快的心情，更遑论是有洁癖的戚雨牧了。

顾彩虹暗想自己还真倒霉，一向很少回家的人，哪天不回来，偏偏今日。

她深吸一口气，看着戚雨牧的眼睛说："你一定累了，先去洗澡吧，我马上就会把屋子整理好。还有保证不会让小熙打扰到你。"

她不安的神情让他心里不怎么痛快，为什么她这样害怕他。

搞得那个小孩子缩在她怀里，盯着他都如临大敌的模样。戚雨牧疑惑自己有这么凶恶吗？

戚总裁带着一种懊恼的心绪，点了下头，只能走进自己房间。

他觉得，如果再待下去，会让那一大一小更加不舒服。

实在抵不过那孩子警惕又纯挚的眼神，戚雨牧选择回避。

戚雨牧冲澡后睡了一觉，等他醒过来的时候，发觉黄昏的光晕透过薄薄的窗纱晕染了整间卧室，有种静谧温暖的安适。

肚子给予反应，发出需要食物的声响，他起身走出卧室，一想到陈嫂被辞退了就觉得万般不方便。

开口让顾彩虹替他做饭的话，是怎么都说不出口的。但是他戚雨牧又何时具备自己做饭的能力？

戚雨牧慢吞吞地走向晨厅，那个小孩子清脆的声音就落入耳畔。他还在？

"姨姨，晚饭我要吃中午那个酸酸甜甜的意大利面！"

"还吃？不想换花样吗？"是顾彩虹轻柔的声音。戚雨牧竟怔了一下，似乎从没听过她用这种语气对人说话。

“嗯，嗯，我可是很专一的。”

顾彩虹被小熙逗笑了：“小不点，懂什么叫专一。”

“当然啦，家里我爸爸就常被妈妈教训说要专一呀。我知道是一心一意的意思。”

“理解满分。”顾彩虹轻笑起来，摸了摸小熙的脑袋，“可是姨姨还会做其他好吃的，小熙也不想尝尝吗？”

“哈啊……”小熙被唬住了，露出苦恼的神情。

顾彩虹“扑哧”一声笑了出来：“小熙，等下乖乖的，可不要再撒巧克力豆了好吗？姨姨刚打扫好房子，刚刚那个高个子叔叔，不喜欢房间乱乱的。”

顾彩虹抱住小熙，和他眼睛对着眼睛，温柔地说。

“他凶凶。”小熙嫌弃地说。

戚雨牧听得一窒，他怎么就凶凶了？半点也没对这小家伙吼好不好？要是他的员工这样说他还能理解。

发现自己在一本正经地跟个小孩子计较，戚雨牧自己都觉得啼笑皆非。

“不凶啊。叔叔只是有洁癖，其实他是个很温和的人。”顾彩虹柔软的声音，令戚雨牧心跳一突，万万没想到她会这样说他。

“所以他是好人？”小熙奶声奶气地反问。

“嗯，是好人。”顾彩虹轻轻一笑，忍不住在他额头上轻轻一吻。

“他是姨姨的亲人吗？”

“算是吧。”顾彩虹怔了一下，才轻声回答。

“喔，那我喜欢姨姨，就也算他一份好了。”小熙愉快地决定了。

“那姨姨去准备晚餐，小熙乖乖地在这里看卡通，好不好？”顾彩虹轻柔地问他。

“好啊好啊，我要继续看刚刚那个汤姆和杰瑞。”小熙欢快地叫起来。

“好。”顾彩虹笑起来，把他抱到沙发上。

“姨姨，这是我刚刚发现的好东西，给你。”小熙从沙发上捞起一个盒子放到她手里。

顾彩虹发觉那是一只淡紫色很精美的礼盒，她迟疑地打开，发现是一支珠光宝气的发簪。

一看就是很贵重的珠宝。

她急忙合上盒子：“小熙是哪里找到的？”

“就是那个坏叔叔的大衣嘛，刚刚他放在沙发上的。”小熙不懂贵重与否，只觉得亮闪闪得太好看了。

一定是好东西。

顾彩虹随着他手指的方向看到戚雨牧的深蓝色大衣。她把大衣拿过来，小心翼翼地把礼盒放回口袋里。

“姨姨，干吗放回去？”小熙不怎么高兴了，“我喜欢那个亮闪闪的东西。”

“小熙乖，那不是姨姨的东西，这个太贵重了，如果我们随意拿出来，叔叔会不高兴的。”

“喔。”小熙不怎么理解，“那我妈妈怎么说爸爸的东西都是她的呀，我看她经常掏爸爸的口袋。”

顾彩虹怔了一下，轻轻一笑，摸摸他的头：“这不一样，这个东西，如果弄丢了，姨姨赔不起。”

“这么严重呀。”小熙吐吐舌头，“那我知道了，我们把它放回去就好。”

“小熙好乖。”顾彩虹亲了他一口，逗得小熙咯咯直笑。

顾彩虹的话让一直旁听的戚雨牧心里不怎么舒服，他也不明白当她说赔不起的时候，那种憋闷的感觉是怎么回事。他下意识地走出来。

顾彩虹看到戚雨牧却吓了一跳，彼时她的手正掏在他大衣的口袋里。

那情形怎么看怎么都会让他误会她在乱翻他的东西。

“我……我不是故意的，马、马上就放回去。”

她结巴的声音、不安的神色，让他更不舒服了。

“不用放回去，那是给你的。”戚雨牧低沉磁性的声音响起，让顾彩虹呆愣了一下，而小熙则是眨巴着一双眼睛，不解地看着这两个大人。

咦？姨姨的神情仿佛很慌张，但是高个子叔叔的表情，看上去没那么吓人啊，虽然冷冰冰的，可是他的眼睛很温和。

喔，原来他真的不是个坏人啊。

顾彩虹呆住了，半晌都没反应过来，直到小熙又从她手里拿起那个盒子，把那亮闪闪的发簪拿出来摆弄着玩，她才轻声问："给我的？"

眼睛在接触到戚雨牧那双幽深摄人的黑眸时，她心头一颤，又很没骨气地躲开了。

听到他轻沉的声音："嗯，给你。"

窗外又下起了雨，还伴随打雷的声响。小熙窝在戚雨牧怀里看他的卡通片，当轰隆雷声响起的时候，他胖胖的小短手紧紧拽着戚雨牧白T的衣袖。

戚雨牧心里油然而生一种从未有过的温暖和满足，看着这个小小的人这样依靠自己，那种想要保护他爱护他的心情，让他怔忡地想到顾樵在说到要做爸爸时的欢喜。

或许做一个父亲，真的是很幸福的事也说不定。

他将视线转向料理台那边准备晚餐的顾彩虹。她瘦削娇小的身影，系着一块藕色的围裙，长发被她扎成束，有一缕调皮地垂下来。

她切菜的姿势很娴熟很美，他最喜欢的落雨声，和这一室的温暖融合在一起，让他感受到一种从未有过的安宁与温暖。或许这就是作为男人，有一个属于自己的家庭的感觉？

第[illegible]章

guai ta yao fen chang ni

她想知道，他爱着的那个人是何模样

戚雨牧处理完公事，盛安拿着行程汇报：“总裁，今天是周末，等下要回本家吃饭。”

家庭聚会的日子，戚雨牧不是很喜欢这样的日子。他对那个自己从小长大的地方，有一种冰冷淡漠的厌恶。这是他对谁都不曾讲过的事。

小时候，他目睹过家里幽暗的往事，自此对那些人都无法真情实感起来。

他想到了什么，问盛安：“太太也会去吗？”

“啊……”盛安疑惑了一下，才反应快地转过来，心里有些惊异地看了他一眼，面上却不显露地说：“是的，顾……太太也会去。”

“顾小姐”三个字没有说出口，盛安适时地顺着戚雨牧的口吻改口为太太，看 boss 不动声色的神情，他松口气，知道自己没有讲错。

这时，戚雨牧的私人电话响了，他对盛安挥挥手。盛安便退了出去关上门。

电话是母亲沈芳打来的。

“雨牧，今天回来吃饭不要忘了。”沈芳娴雅的声音从手机里传来。

“知道了。”

“顾彩虹也会来是吗？”沈芳问他。

戚雨牧不知她为何特意提到顾彩虹：“是，她会去。”

“有件事我觉得应该要让你知道。”沈芳的口吻里有一点不满的意味，“你们结婚的时候我给过她一张家用的信用卡，这件事没让你知道。我本意是让她管理你们住的房子，日常开销林林总总的事情。因为之前她还算安分，并没有在这张卡上乱动。但这个月她私自挪用了一笔钱，我不知道她用在哪里了。她和你商量过吗？”

戚雨牧怔了怔：“应该是有用到的地方，这不是什么大事。”他下意识地说。

他的话却让沈芳皱了眉，戚雨牧听到她冷淡的声音：“你最好不要太放任，你可以问一下她父亲顾之乔，她有挥霍的恶习，顾之乔曾对我说起过。我可以不在乎这笔钱，但这不能是一个开头。”

沈芳的话在戚雨牧心里投下一颗碎石，搅动了那份平静。

沈芳继续傲慢又不屑地说：“连她自己的父亲都这样说她，想必不是什么好习惯，他是在提前跟我们打招呼。

“我觉得你可以适当地提醒她一下，还有，我还听她妹妹说过她似乎还喜欢乱做投资，这在戚家绝对不行，你最好留一个心眼，不要让她太过放肆。她败家败顾之乔就够了，我们戚家可容不下她这样。”

这通不甚愉快的电话破坏了戚雨牧的心情。

他本来想跟顾彩虹和平相处，但是母亲说起的那些，的确是不怎么好的事情。

顾之乔说顾彩虹挥霍，不禁让戚雨牧想起当初这桩婚事是怎么成定局的。

那时她明明答应他，会在戚贵生面前拒绝婚事。可到了最后她却反水，害他措手不及。他之前是太过信任她了，未想到她是这样一个出尔反尔，会耍阴谋诡计的女子。这和她最初给他的印象反差太大。

想起顾彩虹曾经的所作所为，心里这段日子以来那些柔软的假象似乎都烟消云散了。

她依旧是那个他讨厌的女子。过滤了一遍刚才沈芳的话，戚雨牧的眉目蹙起来，心里又有几分熟悉的反感。

顾彩虹对着衣柜有些发难，她的衣柜可以用“囊中羞涩”来形容，实在贫瘠。

别人都道她是大小姐，实则顾之乔早在十多年前就不怎么管她们母女。顾之乔能够支付母亲的医药费，顾彩虹已经足够感激，这些年来她都是自给自足。

可现在要去参加戚家的聚会，她实在不好穿得太过朴素过去。那会让沈芳说她“不得体”，沈芳不喜欢她她是知道的。

一直以来，沈芳看她的眼光都是挑剔又嫌弃。当然顾彩虹心里也明白自己离她婆婆眼中那种名媛淑女差得太远。

顾彩虹实在不是她们那个阶层的人，顾欢妤之前也嘲笑过她寒酸，说她好歹是嫁进了珠宝世家，不要再丢顾家的脸，打扮一下。

为此她结婚的时候，父亲也给过她一笔购置衣物的钱。但上流社会季节轮转，今年买的新衣到了明年立马成为过季货。别人不会再穿了，可她只买了那么“一季”。

顾彩虹几番考虑，挑了一件蓝色的长裙，她觉得至少看上去大方得体，至于是不是过时，实在是无暇顾及了。

她在整理皮夹的时候，看到了那张放在最里层的信用卡。这是沈芳给她的卡，她也清楚婆婆给她是用来管理这栋房子日常开销的。

过去一年间，顾彩虹一直不曾挪用过卡上的一分一毫。这个月，她实在没办法一下筹出父亲断掉的药费，便暂时借用了一笔钱。

顾彩虹是打算尽快还的，但愿沈芳发现了不要有什么不快。她希望婆婆不会在意，可她还是有些心虚，她轻轻咬牙，告诉自己下个月，下个月就能还上了。

换好衣服梳妆完毕，顾彩虹想了想，打开抽屉，取出戚雨牧送她的那支发簪。

水晶镶嵌的中央有一颗蓝色的宝石，像大海一样蔚蓝纯净的颜色，她满满的欢喜，小心翼翼地捧在手心看了好一会儿。最后微红着脸，照着镜子轻轻别在头上。

光亮的乌发在发簪的映衬下，高贵又雅致，一下让她多了好几分气质。

顾彩虹红着脸凝视了一会儿，漾起的嘴角带着淡淡的欢喜。

希望他会觉得好看。

她抱着这样的期待，在看到戚雨牧的时候，微红了脸。

她知道戚雨牧是回来接她一起去本家吃饭的，她马上站起身：“我准备好了。”

戚雨牧望着眼前的女子，深蓝色的连衣裙，衬得她白皙的肌肤越发莹润，窈窕纤长的曲线，一张素净的脸蛋染了淡淡的妆容。

绸缎般的乌发，用发簪在中间束起，披散在肩头，有种优柔的美。

她的样子是很美好的，自己送的发簪，系在她头发上，果然比他想象的样子更好看。

但这一刻，那晶石耀眼的光芒让他觉得刺目，她脸上的笑容落在他眼中，他看到了其中小心翼翼的讨好。

这更让他心里有些反感。她是太会演戏了吗，那时候也是这张脸这种神情，让他相信了她会拒绝这场婚姻，他们不会结婚。

他冷着一张脸，淡声说：“只是家里人吃饭，把发簪取下来，我母亲不喜欢奢华做作。”

他的话让顾彩虹眼里期待的光熄灭了，她听出他语气里的反感跟厌恶。

他竟觉得她做作吗？

她的心尖一涩，取下发簪的手指微颤，语气里有一丝慌乱：“对不起，我不知道，以为要打扮得华丽一点儿。”

沈芳往日对她的数落跟冷言冷语，戚雨牧一定没有听到过。

沈芳曾说她不懂打扮，有失身份，好不容易她以为这支发簪能让她提升气质，却不料在他眼里变成了虚荣。

她不知道发簪有多贵，现在看来比她想象得要贵重上许多许多。

之前她就一直纳闷他为何要送给她，现在才有种恍然大悟的觉悟，也许送她不是他的本意。想到这些，顾彩虹的心脏抽搐了一下。

车子驶到戚家本家洋楼的时候，天色已黑。顾彩虹默然跟在戚雨牧身后，每一次到戚家，她都会很难受。在戚家，除了她的公公戚贵生，再没有人愿意分给她一点儿友善。

顾彩虹深吸一口气，不知今夜又有什么等着自己。

沈芳穿着一件素淡的旗袍坐在那里，旗袍是牡丹雍容的花纹，熨边是很精致的金色丝纹。她保养得很好，虽然五十多岁，看上去却仍旧是四十如许的模样，颇有风韵。

只是她的一双眼睛很严厉，在面相上来说有点三白眼，眼白多过眼珠，顾彩虹第一次见到的时候，就觉得她不好相处。

沈芳很不喜欢她，顾彩虹也不知是为什么。只能暗想她大概特别不合沈芳眼缘吧。

“妈，我们回来了。”戚雨牧向母亲问安，顾彩虹规矩地站在一边，身板挺直，丝毫没有松懈。

沈芳曾经说过她站姿倾颓，没有名媛气质，那时候她没有眼色地在婆婆身边坐下，却换来婆婆嫌恶的目光。

沈芳严厉的言语到今天顾彩虹还记得："你妈妈就是这样教你的吗？长辈没有让你坐下，你就自说自话地坐下。听闻你母亲早就和你父亲离婚，看来她也是像你这样，缺乏礼数，让他不能容忍吧。"

顾彩虹站得端正，旁边戚雨牧坐下来，疑惑的视线落到她身上，像是在奇怪她为何还站着。他微微皱眉，很不喜欢顾彩虹这样总是突兀的举止。

顾彩虹在等沈芳的反应，然而沈芳像没看到她一样，眼睛看着自己的儿子，微微一笑："雨牧，刚从米兰飞回来，你好像瘦了，不过事情办得很好，我听你父亲夸奖你了。"

戚雨牧与母亲日常地说了几句。顾彩虹轻轻咬唇觉得有些尴尬，她悄悄走到一边想要坐下来，却见沈芳射过来的严厉视线。

顾彩虹心上一怔，立马站在了阴影里，不让自己显得那么突兀，却也不敢坐下了。

"今天妈妈还邀请了客人，小翎回来了。"沈芳含笑的声音，说出口的名字却让室内的空气陡然凝滞下来。

顾彩虹可以看到戚雨牧倏然变化的脸色，她疑惑地想小翎是谁。

就听到一个清婉的声音："雨牧，好久不见。"

一张清丽柔美的脸庞，五官却又比她的气质浓丽许多，让她看起来艳光四射。年轻的女人穿着一袭粉色丝质的摇曳长裙，看起来就像个公主那样，踏着月色而来。

林翎。

顾彩虹看到这张脸，脑海里浮现出这个名字。是的，她曾经偷偷在网上查看过林翎的资料。因为她想知道，他爱着的那个人是何模样。

而此刻看到真人，比网上那些资料，那些舞蹈视频都更为鲜活惊艳，原来，她就是林翎。

戚雨牧青梅竹马的恋人，当初他找到她说不能结婚，告诉她他有心爱的女人，叫林翎。

“林翎。”戚雨牧低哑的声音唤出那个名字的时候，顾彩虹感到自己的心尖战栗了一下。

那两个人对视的眼神，已没有第三个人插入的余地。

顾彩虹胸口像被抽走了所有空气，觉得窒息难耐，又对上沈芳冷漠的眼神，让她觉得自己就像是这个空间多余出来的人。

这应该是顾彩虹吃过的最食不知味的一餐饭。她静默地低着头扒饭，听戚贵生和戚雨牧谈到生意的事情，听林翎和沈芳聊着她在欧洲这些年的趣事。

其实气氛很好，如果不是戚贵生忽然叫她，顾彩虹应该能很快结束这段折磨人的时光。

可惜戚贵生偏偏叫了她，还问她：“彩虹，有没有打算要个孩子？”

戚贵生笑呵呵地说：“我啊，很想抱孙子，要是生个小公主就更好了，总之很想做爷爷，之前跟老姜聚会，那老家伙还向我炫耀他孙子，我就寻思着我儿子也结婚了，我也能做爷爷了啊。”

戚贵生沉浸在他的想法里，气氛陡然变化的却是另外四个人。

顾彩虹看到沈芳皱了眉，看见戚雨牧轻轻蹙起的眉宇，他的神情有些僵硬，应该是不想听到这些话。而林翎，她脸上甜美的笑容亦消失了。

林翎的视线落在自己身上，顾彩虹可以感受到她眼里的高傲。

戚贵生在等顾彩虹的回答，顾彩虹只觉咽下去的食物冷得发苦，她轻声说：“爸爸，这事顺其自然就好。”

“对，对，顺其自然。”戚贵生笑得很开心，又看了她一眼，“你长得像你妈妈，我的小孙儿将来也一定漂亮。”

戚贵生在说到她长得像她妈妈的时候，顾彩虹明显感觉到沈芳对她投来极其嫌恶的一瞥。

她心底一颤，只能硬着头皮受下沈芳如利刃的目光。

晚饭后，顾彩虹被沈芳叫到了她处理日常事务的晨厅，显然她还有话对这个媳妇说。

当晨厅的门被关起来的时候，顾彩虹感受到一阵窒息。这间房子让她莫名想到一部老电影《蝴蝶梦》里的幽森厅堂，那个死去的前妻也有这样一间晨厅。

而她面前的沈芳，与电影里那位不苟言笑的女管家重叠在一起，让她心底泛起一股森然的寒意。

沈芳没让顾彩虹坐，顾彩虹便静静地站着。沈芳打量的眼从她脸上再到脚上，似乎把她看了个遍，顾彩虹听到她冷笑的声音："我怎么没看出你哪里像许惠琳，没有你母亲当年一半的姿色。戚贵生也是老眼昏花了。"

事实证明，女人无论到多少岁都是善妒的，看来刚才戚贵生无心的一语，触到沈芳的逆鳞了。

沈芳不屑的眼神落在她脸上："你身上这条裙子，这一年里，我已经是第三次看见你穿了。"她的口气很是嫌弃，"看来你丝毫没有把我之前的话放在眼里，我是不是指出过你着装的低级，要你提升品位？"

顾彩虹不发一语，只能轻轻地垂下头，她的双手搅在一起，心里亦不知是什么滋味。

"你的言行举止，没有一样让我满意。实际上我很疑惑，作为顾之乔的女儿，你是怎样被教养出来的，真的没有一点名媛的气质。"沈芳轻蔑地说。

"之前我也说过，婚后希望你能辞去工作，安心在家不要再抛头露面。可显然你没有听，放任你出去工作这件事，既然雨牧没有反对，我也就不多说什么。可你得记着，任何时候都不要丢我们戚家的脸面。"

"你很拮据？"沈芳忽然冷声的发问，让顾彩虹心口一震。

顾彩虹抬头看着沈芳，却见沈芳轻轻一笑："想必顾之乔是不怎么管你的，你和你母亲都很落魄吧。"

顾彩虹不理她话语中的奚落，深吸一口气，直视她的眼睛："是的，所以我没有钱买多余的衣服，也没有钱能达到您的那些要求。"

她准备好迎接沈芳的指责，谁知沈芳竟笑了起来，那笑声中带着轻蔑又有几分得意。

"许惠琳啊许惠琳，你也有今天。"

沈芳这句话让顾彩虹肯定了，这几位长辈当年有故事，而沈芳是十足讨厌她母亲的。

"顾彩虹，你不配当我的儿媳妇。"沈芳直视她的眼睛，说得冷漠无情，"我从不满意你，所以也乐得看你的笑话。对了，你这样的窘境，雨牧是不知情的。在他眼里你是什么样的，你知道吗？他认为你是个挥霍又虚荣的女人，因为你的父亲顾之乔和你妹妹顾欢好都对他这样形容过你。对了，他们还给你安了个罪名，说你平日里喜欢乱投资，所以才会一直缺钱。"沈芳抿唇而笑，盯着她的眼睛，"你得讨人厌到什么样子，连自己的父亲跟亲妹妹都如此不待见，生怕你过得好。"

顾彩虹因沈芳的话心底惊诧又痛苦，她万万没想到自己的父亲和妹妹竟会在背后这样编排她。

"不要对我儿子有什么非分之想，因为他永远不会属于你。你配不上我的雨牧，而我也会用尽手段将你赶出戚家！"沈芳冷冷地看她，轻嗤道，“这桩婚事本来就是戚贵生那个老东西一厢情愿的旧梦。”

沈芳忽然凑近过来，一双冰冷的眼睛露出怨毒的神色，死死盯着顾彩虹的脸，却又像在透过她看着另一个人。

“我这一生最痛恨的女人就是许惠琳，她毁了我一生的幸福！你是她女儿，就跟她一样让人恶心，我提醒你，刚刚戚贵生的话听听就算了。”

沈芳覆在她耳边，轻声缓慢的语调却说出最恶毒的言语：“不要妄想用孩子来拴住雨牧，即便你有了孩子，我都有办法让你骨肉分离，到头来受伤的只会是你。”

沈芳阴恻恻地说完，退开几步，站在那里收敛了神情，露出雍容华贵的一笑：“希望你好自为之。”

顾彩虹已完全体会到她藏在面具下的疯狂跟怨毒，只觉手足冰凉，一颗心像浸泡在冰里。

老宅窗外的雨声簌簌，落在庭院里的声响颇有几分在山中的感觉。戚雨牧正坐在沙发里看书。

这是他过去的房间，许久未归，倒也找回了几分旧日的闲适。

听到声响，看见走进来的那抹纤细身影，他才意识到毕竟和从前不一样了。现在他是个结了婚的男人，有一个女人可以光明正大地走进这个房间。

“妈妈似乎和你谈了很久。”他看一眼顾彩虹，只觉她的神情有些疲惫。

“嗯，一些家常的事情，我没有经验，她教我。”顾彩虹只能这样回应。她在想若对戚雨牧说出真相，告诉他他母亲说了些什么，他会有什么看法？

他会相信她吗？

答案让她止步，他不会相信她，并且会觉得她又是别有用心，臆造出这些无中生有的事来中伤他母亲。

所以她只能避重就轻。这个男人讨厌她，她在他眼里很糟糕，他自然不会相信她的人品。

顾彩虹默然地环顾四周，这还是结婚后她第一次和他留宿大宅，也是她第一次进入他的私人领域。

他们同处一个房间的情况几乎为零，他应该不会想和她待在同一个空间。

可这个晚上，她又没有别的去处。

顾彩虹想了想，轻轻地转身，看到了橱柜的所在。她打开柜子，松了口气，里面和她想的一样，放了一套替换的被褥。

戚雨牧看到顾彩虹捧着一床棉被，在地上安静地铺起来，不禁蹙了眉：“你在做什么？”

顾彩虹怔了一下，回过头看他：“我……铺一下床，我睡地上就好，这样不会打扰你……”

她话未说完，就见他啪地合上书页。

戚雨牧脸上的神情称不上愉快，看她的眸光更是有几分复杂厌烦的意味。

“你以为你的表演能吸引到我？”他幽冷的声音失了温和。

顾彩虹一怔，还来不及反应，就听见他说：

“可不可以少做作一些？我从没见过你这样会做戏的女人。婚前一脸诚恳地告诉我会取消婚约，还祝我幸福，可笑至极！后来你在我父亲面前做了什么？声情并茂地演绎了一场暗恋我许久，非常愿意和我结婚的戏码？

“现在，你和我结婚了，该发生的不该发生的全都发生了，你却还要做戏，你以为我会很欣赏你这样吗？你这种故作姿态的表演只会让我更厌烦你！”

这是他第一次对她说这么多的话，然而字字诛心。

顾彩虹有一瞬被说蒙了，混乱的思绪慢慢消化他的话，感受到他字里行间的厌弃，苦涩溢满心间。

他是这样讨厌她。从没有一刻，比现在更清楚地认知到，她在他眼中如此不堪。

抓着被褥的手指打着战，她咬紧嘴唇，轻声说：“对不起，那我不铺了。”

顾彩虹的眼睛热得发痛，她深吸一口气重新将被褥叠好，抱起来放回橱柜里。

她听到身后的动静，然后是房门砰地关上的声响，是他气得离开了。

顾彩虹慢慢地滑坐在地，眼泪大颗大颗地滴落在地板上，她轻轻捂住自己的脸，把哭声掩盖。

夜深了，窗外下起簌簌的雨，空气里有一股湿润的泥土气。顾彩虹静静地躺在大床的一边，睁着眼睛看着被雨滴模糊的玻璃窗。

戚雨牧是个很喜欢下雨天的人，她知道他的这个喜好，恍惚地想到多年前，在打工的咖啡馆第一次见到他的情景。

那也是一个雨天，她淋着雨，匆匆赶来接班。等她换上工作服回到吧台的时候，店里已没有多少客人。

她一眼便看见了那个坐在窗边凝视窗外的青年。

这一眼如同万年，落在心田，芬芳的香气仿佛日光轻拂。

他俊美的侧颜惊心动魄，光线折射在那张脸上，连绒毛在光曦里都如此清晰。

他的美仿佛和雨雾融在一起，眉眼如雕刻，挺俊的鼻峰，坚毅的唇，幽黑的大眼睛仿佛玛瑙，深邃闪亮。她从没见过这么美的眼睛，他的眼尾微微上挑，波光潋滟，自有风情。

这时候风吹起，薄薄的白色窗纱遮挡了他的脸，在那白纱之下是若隐若现的朦胧。

她的生命里从未对一个人有过这样深的悸动，她对他一见钟情。

那以后，她发现他常常光顾咖啡馆，多半是在下午。

于是，她经常跟同事换班，特意调在了下午的时间上班。

戚雨牧会买上一杯咖啡，他喜欢喝拿铁。原本她以为以他这样独寡的气质，会是一个只喝黑咖啡的人，然而他不是。他的喜好很温暖，喜欢加糖加奶的拿铁。这样的反差，令她更加心动。

她观察他许久，看着他时而认真地做笔记，时而会和几个朋友相谈甚欢。

他对朋友笑着的时候，不再是外表那样高贵矜持的气质，他的笑容如春风化雨，那一笑温柔得令人心动。

真的，她从没见过笑起来如此温柔的男人。而那份温柔令她深深沉溺。

又一次，她看到他逗朋友的小狗，抚摸那只狗狗的模样动作，都温柔到不行。

她确定了在他生人勿近的外表下，那份深藏的暖意。

顾彩虹就这样看了他一年，有时他不点拿铁，她都会自己掏钱为他调制上一杯他喜欢口味的拿铁。

他大概以为是店里附赠的，也从没问过。顾彩虹想，他可能连她的脸都不曾认清过。

再后来，他大概毕业了，她再没见过他来过咖啡馆。

被告知有婚约，他们第一次见面的时候，没有人知道她内心的惊喜与战栗。

她从未这么开心过，可这份雀跃持续不到一刻钟，在他告诉她他不想跟她结婚后，彻底破灭。他说他有恋人，虽然分手了，但他无心谈一份新的感情。

果然戚雨牧从不记得她，这个每次在他买咖啡时都会脸红的服务生，这个痴痴傻傻看着他的姑娘，对他而言，是个陌生人。

回忆让顾彩虹心底泛起熟悉的酸涩与痛楚，她闭上眼，眼泪默默地流淌下来，沾湿枕巾。

她疲惫地将自己埋进被子里，脑袋却蓦地一阵刺痛，让她整个人颤了一下。

有一个幽冷却清晰的声音倏然响在她耳边。

“你哭什么？”

顾彩虹吓了一大跳，她急急坐起身，吸着气怔怔地望向床前的镜子。

镜子里那张熟悉的脸庞是她自己的，然而那眼睛却渐渐地变了，变得那样犀利清冷还带着奚落和嘲弄，她视线里的画面逐渐模糊，头痛欲裂。

顾彩虹痛苦地抱着头，像是看到了什么最可怕的东西：“不！不！你不要出来！”

她失控一样抓着自己的头发狠狠地揪扯起来，想要努力保持清醒。

尖锐的刺痛都不能让她的状况好转，她下意识地看向镜子里自己的那张脸，依然是那双幽冷不屑一顾的眼睛。她惊恐到极点，脑袋里漫过一股尖锐的刺痛，气息一窒，竟晕了过去。

戚雨牧独自在月光下散步的时候下起了雨。原本他是很喜欢下雨的，但今夜这场雨却让他的心绪更烦乱。他想起顾彩虹，心里就有股说不清的情绪，偏偏她的一言一行都那么清晰。

她取下发簪时落寞的神情，让他心里不舒服。

他是怎么了，为什么要对这个善于演戏、表里不一的女人有这样大的反应。

一直以来，他都在提醒自己，尽量无视她，随她作妖，不会影响他分毫，但最近似乎不起作用了。

“雨牧。”

他听到一声满含情感的呼唤。

他转身，看到了一张美丽的脸，林翎，她穿着一身水蓝色的睡衣。

是和他一样睡不着吗？半夜了还徘徊在这寂静的花廊里。

“我回来了。”林翎看着他的眼睛，那双莹莹的美眸噙着泪水，“为什么不来看我？”

戚雨牧忽略心上的悸动，他们有过太多的回忆，深刻到不会一夕就烟消云散，他用了几年时间才让自己从那段深刻的感情里走出来。

但是，这一刻面对她，他竟发现自己无话可说。

“我后悔了。”林翎牵住他的手，男人的手掌一如过去宽厚温暖，她的心悸动着，看着他的眼睛，“四年来我无时无刻不在思念你。”

“我结婚了。”戚雨牧慢慢抽回自己的手，喑哑着声音告诉她。

这句话让林翎满腔热情如坠冰窟，可她不是会这样认输的女人。

他们有过那么多美好的记忆，他对她的感情，又怎会就这样轻易烟消云散。

林翎凝视着戚雨牧，又再次紧紧地抓住他的手：“不可以再给我一次机会吗？这个错误还有机会更正。”

林翎的话让戚雨牧心口一跳，望着她炽烈的眸，那里面激烈汹涌的情感一如往昔，让他忆起曾经他们如何相爱过。

可是她离开的时候同样毫不留恋不是吗？

他觉得自己心口的火热忽然被冰水浇熄，一双沉静的眸子看着她，没有再泛起波澜，只是更坚决地抽回了自己的手：“不能了，林翎。”

戚雨牧回到房中，就看到那个占据了他的床的一角，似乎就快要掉下去的身影。

他剑眉轻皱，觉得很是碍眼。在接触到那张清秀的睡颜时，他想要推醒她的动作停在了那里。他双手轻轻抱起她，只感觉怀中的身子轻如羽翼般。

戚雨牧叹了口气，将顾彩虹抱到床中央。

顾彩虹呼吸轻细，和窗外的雨声交融在一起，让他原本烦躁的心绪奇异地平静下来。

戚雨牧不由自主地伸出手，抚上她白皙的脸庞，想要理一理她睡乱的额发。

她的睫毛忽然动了动,他以为她醒了,瞬间僵硬的手指触到她额头,一时竟心跳如鼓。

好在顾彩虹并未苏醒,只是动了动脑袋,似乎找到了一个更为舒适的姿势。戚雨牧深黑的眼眸在暗夜里静静望着她,眼神慢慢地柔和下来。

第四章

guai tu guo fen chong ai

戚雨牧的太太，果然出众

早晨，戚雨牧醒过来的时候雨已经停了，空气里弥漫着一股湿意。而他模糊的视线里，望到了那个站在衣柜前的身影。

她在做什么？

他有些疑惑地反应不过来，脑袋还处在惺忪未醒的状态，看了眼墙上的挂钟，清晨六点。

她这么早就起来？

而后是更为令人窒息的一幕——顾彩虹脱下睡衣，准备换外出服。

她曼妙的身形沐浴在晨光下，让他想到曾经看过的一个新锐画家的一幅人体素描。

纤细苗条柔和的轮廓，流露出一股纯真，纤弱里带着静谧的温柔，入画般让人移不开眼。

“你在做什么？”

他低沉的声音吓了顾彩虹一跳。

她红着脸急忙拉好衣服，有些尴尬地回过头，对上戚雨牧那双黑曜石般的眼瞳时，像小鹿一样慌乱地避开：“我、我准备外出，今天有工作，需要八点到工作室……”

“不好意思，吵醒你了，我马上就离开。”临了，她补充了一句，怕他被自己所扰觉得厌烦。

戚雨牧轻轻蹙眉：“你怎么去？你没有车，这里离市中心有段距离。”

“我可以坐公交车。我知道前面有公交车站，再换乘地铁……”她的话未说完，发觉男人深蹙的眉宇。

顾彩虹不知他是何意，想到沈芳数次不满她外出工作，讲着抛头露面丢脸之类的话，她在想戚雨牧是不是也同样这么认为。

下一秒，却听到男人低沉的声音：“你等一下，我送你。”

“不用了。”顾彩虹被戚雨牧的这个提议吓了一跳，急忙拒绝。

“没有商量的余地。”男人剑眉轻蹙，俊脸沉静，这样忽然板着脸的时候气势十足，让人不敢违逆。

顾彩虹怔怔地望着他，心还在为他这个提议而跳跃不止。

顾彩虹坐在车上，忍不住偷偷看一眼戚雨牧。他在专注地开车，晨光勾勒着他的薄唇，鼻若悬胆，鲜明的轮廓宛如雕塑。她不由得想到一位诗人曾形容过美人的话，阳光也像爱着他。他的眼瞳在光线里折射出琥珀的光芒，是如此迷人。

可是气氛好像过于尴尬了，顾彩虹有点不自在地将头扭向窗外。其实，她不知道该对戚雨牧说什么。

他们相处的次数屈指可数，更别提他开车送她这种事，这个第一次好像有些难熬。

“你不打算辞掉工作吗？”

男人忽然响起的声音让她心头一怔，思绪瞬间拉回来，一切又再度变成了灰色。

“我不会辞职，我喜欢这份工作，也想要做下去。”她的语声虽轻，却很坚决。

“我知道了。”戚雨牧淡淡地回应。

“你觉得我外出工作，会让你不方便吗？”顾彩虹想了想，忍不住问他，毕竟沈芳是那样反感她出去工作，她想知道戚雨牧的想法。

“我无所谓。”

他依旧颇为冷淡的语调，让顾彩虹心神微黯。应该是这样的，他对她的一切都毫无兴趣。

顾彩虹望着窗外，脑海里浮现出昨天晚上林翎和戚雨牧相视的情景，她心脏微挛，哑声说：“其实……”你想要离婚的话，我会签字的。

可这句话如鲠在喉，她终是没能说出来。她倏然想到自己的母亲，仿佛看到对方在失去顾之乔之后，那样灰暗若死的面孔。

母亲曾经自杀过，在以为丈夫要抛弃她，不会再出现以后。

母亲那样绝望的样子让顾彩虹把想说的话深埋心底。

她深吸一口气，手轻轻按住自己酸涩的胸口，只能无言以对戚雨牧的冷漠。

车子驶入市中心后开始拥堵，戚雨牧说了一句：“你工作室的地址报一下。”

顾彩虹攥紧手中的包，温软地开口：“不用了，前面就是地铁口，你放我下来就好。”

戚雨牧愣了一下，转头看顾彩虹。

顾彩虹没有回避他的视线：“这个时间很堵，我坐地铁会更快，能够按时到工作室。”

戚雨牧剑眉轻蹙。

顾彩虹知道自己这样说会让他不高兴，可她不想逃避什么。

戚雨牧将车靠边停在一间便利店前，顾彩虹正想开车门下去，就听到男人低沉的声音：“你等一下。”

顾彩虹怔了一下，只见戚雨牧打开车门走下去。

顾彩虹不知他要做什么，他也没和她沟通。她怔怔地看着男人修长的身形往便利店走。

过了一会儿，他出来了，手里拿着一个袋子。

戚雨牧没有上车，而是敲了敲顾彩虹这边的车门。顾彩虹傻愣愣地下车来，盯着戚雨牧手里那袋看起来很像早餐的食物。

果然，男人将袋子递给她：“记得吃早餐。”

他说话还是硬邦邦的，可顾彩虹接过袋子的瞬间，心里像忽然被注入一股热流，连眼睛都有些发热。

袋子里装着一罐牛奶，一个食材很丰富的三明治，还有一盒蔬菜沙拉。顾彩虹感觉自己的心狠狠地痉挛了一下，想要说什么却见男人已转身上了车。

他再看了她一眼，便将车子启动，很快消失在她视线里。

顾彩虹捧着那袋他给她的早餐，嘴角不受控制地轻轻上扬，“啪嗒”一声，一颗透明的眼泪却落在袋子上。

顾彩虹在约定时间到达工作室，她是来见一个话剧女演员的。这位女演员要找一名私人化妆师，而她正需要增加收入，老板赵诚便给她提供了这个工作机会。

“戚小姐，你好。”顾彩虹刚进休息室，就看到漂亮的女演员坐在那里。对方身材窈窕，穿着一条短裙，修长的双腿让她看上去像个模特。

老板说这个女演员叫戚雅颂，在话剧界颇有名气。

如今见面，对方气质仪态，的确很是出众。

戚雅颂吟吟一笑，伸过手来和她握了下，一双慧黠的大眼睛看着她：“我该称呼你顾小姐呢，还是叫你大嫂？”

顾彩虹愣了一下，大嫂？

随即想到她叫戚雅颂……姓戚？

顾彩虹抬头看她，在记忆里思索有没有见过她。

戚雅颂笑起来，爽快地说：“别想了，我只在你跟戚雨牧结婚的时候见过你一面。我是戚雨牧的堂妹，不过关系不亲密。应该说，我是戚家的弃子，那边的人都看不上我，所以也不跟我来往。”

她心直口快地说出这番话，让顾彩虹有点消化不了。

“你好。”看着戚雅颂美艳的脸，顾彩虹心道戚家人的基因真是好，尽出俊男美女。

“我爸很早便去世了，我跟我妈以前一直生活在国外，大学时因为我辍学转去学表演，就被爷爷骂出戚家了。你明白啦，我是戚家的异类。”戚雅颂对顾彩虹眨眨眼，颇有点自来熟的味道。

顾彩虹被对方顽皮的用词逗笑，她也跟着笑起来，想到正题：“那你为什么找我做化妆师？”

“自然是见识过你的技术。之前你们工作室给一出话剧《秋满怀》做的造型设计还记得吗？女主角白瑶是我的好朋友，她那个民国妆美死了。那时候我在国外看到她的剧照，就问她是谁给她弄的，她就给我介绍了你。”戚雅颂声情并茂的样子充分让顾彩虹感受到她的热情，顾彩虹都被她说得有些不好意思了。

“原来是白小姐的朋友。”顾彩虹当然记得白瑶，《秋满怀》的造型是他们流光工作室第一次接手的大型设计案，最后出色地完成，赵诚还给他们开了庆功宴。

“不过我主要是做造型设计，妆容妆面类的化妆，可能不及专业的化妆师。”顾彩虹看着她。

“我喜欢就好。”戚雅颂干脆地回答，“我不喜欢的，他就是拿过再多奖别人再吹捧在我眼里也只是路人，懂？”

戚雅颂直白的口吻让顾彩虹叹为观止，她还是第一次见到这么爽辣直白的姑娘。戚雨牧说得对，她真的不像戚家人，是个异类。不过这个“异类”在顾彩虹心里是褒义的。

黄昏时分。

戚雨牧安静地坐在车里，盛安一边开着车，一边汇报今天最后的行程。

“总裁，要直接送你去‘悦庭’吗？”盛安在后视镜里观察着戚雨牧的神色。

这次悦庭的晚宴，是平常跟戚雨牧交好的那些生意上的朋友。他知道戚雨牧其实是个不怎么喜欢应酬的人，不过这个晚宴，应该算是摆脱不掉的那种。

“先回家。”

盛安微微一怔：“回家？”

好在他反应快，在后视镜里瞥到老板淡淡扫过来的视线，他立马不动声色地掉转车头，明白了老板说的回家是要回结婚后的那个住所。

半小时后，盛安送戚雨牧到了家，他在车里乖乖等老板。

看着老板颀长英挺的背影，一袭黑色的长大衣，真是有范儿，盛安不禁称赞。

戚雨牧可是他的偶像，当然，这话他可不敢当面对戚雨牧说。

当年，戚雨牧设计珠宝的才华，让还在大学研修的盛安“一见钟情”，毕业后他铆足了劲挤进芬永珠宝，在偶像身边工作。好在他的努力让他如愿以偿了。

盛安想着想着，突然觉得戚雨牧最近有些奇怪，戚雨牧好像在纠结些什么东西，有些烦恼。

这次从米兰回来后，戚雨牧回家的次数与日俱增。要知道过去一年，虽然戚雨牧结婚了，但大半时间都在国外，在国内时也是住在酒店的套房，很少回到婚房。

最近，老板已经数次“回家”，盛安觉得这应该是好事吧，无论如何，他还是希望偶像能够在事业和爱情方面都是王者。

一进屋，戚雨牧就看到顾彩虹坐在晨厅里，专心画图。

虽然他对她的工作并不怎么关心，但也大概知道她是造型师，为很多影视公司服务。

黄昏的光晕给室内镀上一层浅金色，把所有的事物都照成暖色。她清秀的脸庞看上去很恬静，脂粉未施，长发随意地扎成一束，只有那只握着笔的手，在稿纸上涂涂改改，看上去十分灵活。

她这个样子让他忽然想，自己在做珠宝设计的时候，是否也是这个样子呢？

似乎有一点儿有趣，戚雨牧坐下来，在沙发上静静地看着认真工作的顾彩虹。而她因为太过投入，并没有察觉到他回来了。

一段时间后，她搁下笔，舒了口气，双手向上伸了个懒腰，似乎创作告一段落。

这一刻，他看到她脸上轻松喜悦的神情，应该是很满意自己的工作成果。

这时，顾彩虹的手机响了，她很快接起。

“嗯，妈妈，是我，明天我会来。”

原来是她母亲打来的电话。

戚雨牧对顾母许惠琳有些印象。即使年纪大了，也看得出许惠琳年轻时是个大美人，这长相上来说顾彩虹并没有遗传到她的美貌，顾彩虹看起来要清汤寡水许多。不过顾彩虹有种干净的气质，给人一种舒服的感觉。

戚雨牧想到这一年来自己以工作繁忙为借口，居然从未去拜见过岳父岳母。对这段婚姻，他一直以来都是排斥厌恶的态度。

可这次从米兰回来，看过好友的婚姻生活，他想或许自己这种态度，也并不能让事情有任何好转。

他不知道顾彩虹是怎样对她父母说他的事，能够安抚住他们不来表达对他这个女婿的不满。

或许，她父母和她一样，觉得有戚太太的头衔就够了。

戚雨牧不可避免地又想到了这个让他不快的事情。

他轻叹一声，阻止那些负面的情绪继续蔓延。

但这声叹息，却惊动了刚挂掉电话的顾彩虹。

“你、你回来了？”她吓了一大跳，显然没想到戚雨牧会坐在那里。

“有一会儿了。”戚雨牧看着顾彩虹。

顾彩虹不知道怎么接话。

说实话，因为两人相处的次数少，她真的不知道该怎么面对他，他会让她紧张。

“晚上有个聚会，你和我一起参加。”戚雨牧的嗓音很好听，带着十足的男性魅力。

顾彩虹的脑袋有点乱：“我需要怎样装扮？”她下意识地就问出了让她觉得压力巨大的问题。

她还从未陪他参加过宴会，她不知道是怎样的场合，亦不知自己要做什么样的打扮才不会失礼。

“不需要，你跟我走就可以了。”

闻言，顾彩虹稍稍松了一口气，压力顿时减轻了一些。

车子停在雅枫的时候，盛安回头对戚雨牧说：“总裁，到了。”

戚雨牧点点头，和顾彩虹一起下了车。

盛安看着老板带顾小姐走进雅枫，心里吃惊极了。

雅枫是江城有名的造型工作室，老板带顾小姐来这里，显然是要打扮她，应该是为她挑选晚上晚宴的衣服。

这是盛安第一次见戚雨牧为一个女人这样费心，不过对方毕竟是老板的太太，虽然过去他一直认为他们夫妻感情不好，没有夫妻的样子，现在看来，并不是如此，他得改变一下观点了。

作为一名处变不惊、历经捶打的特助，盛安很快收拾好情绪，下了车也走进雅枫，随时等候吩咐。

萨米和戚雨牧是旧识，按照戚雨牧的意思，她很快把顾彩虹打扮好。

当一身旗袍的顾彩虹重新出现在众人面前时，刚提醒自己要镇定自若的特助盛安被惊艳得合不上嘴巴，完全忘记了刚刚的心理建设。

那是一袭白底青花的短旗袍，旗袍上的纹样是水墨晕染的幽兰，与顾彩虹的气质十分契合。

盛安不知怎么就突然想起了读书时很喜欢的一位文学大师小说中的描述：“白地青花的丝巾，柔曼的水草，船夫的山歌，桨声灯影……”

顾彩虹的容貌并不属于惊艳型的，她很少化妆，好在耐看。此刻经过专业造型师之手，她整个人变得迤逦动人，有种清隽潋秀到极致的美，让人移不开眼。

看着短旗袍下露出的白皙修长的腿，戚雨牧突然心里别扭了一下，觉得不该给她配这么短的裙子，在他看来有点伤眼。

他不动声色地站起身，看着顾彩虹说：“走吧。”

萨米和戚雨牧很熟了，暗笑这个男人用面瘫来掩饰心底的不平静。但她没有点破，笑盈盈地目送他们离开。

她自己最满意的是为顾彩虹盘的发髻，顾彩虹那一头乌发像墨缎一样，很适合古朴秀雅的发型，瞬间变身成古典淑女。

戚雨牧的太太，果然出众，两人十分般配。

戚雨牧带着顾彩虹抵达晚宴地点时，从进门开始就不断有人投来目光。

顾彩虹走在戚雨牧身侧。其实她有点穿不惯高跟鞋，担心自己会出洋相。

就在她走得战战兢兢之时，男人的手伸过来，拉过她的手挽在他的胳膊上。

顾彩虹像心怀小鹿一样，恍惚地跟着他，这是第一次，他这样主动亲密地让她挽他的手。

“雨牧，你身边这位漂亮的女士不介绍一下？”相熟的朋友杜钦走过来，新奇地看着顾彩虹，毕竟戚雨牧身边少有女人。

“我太太，顾彩虹。”戚雨牧声音低沉。

杜钦惊讶地看着他们。

“你太太？啊，久仰久仰。”下一秒，杜钦绅士地牵起顾彩虹的手。

顾彩虹只能被动地接受他的吻手礼。

“杜钦是在美国长大的，刚回国不久，中文说得很好。”戚雨牧在旁淡声解释。

顾彩虹觉得很贴心，发觉这个男人内在很细腻也很温柔。

戚雨牧和杜钦寒暄了几句后，环顾四周：“萧飞呢？”

萧飞是戚雨牧最好的朋友，也正是这场晚宴的主办人，按说以萧飞的性格，早就应该过来调侃了，这会儿却不见人。

杜钦耸肩笑起来：“别提了，他正焦头烂额呢。原定的古筝演奏家忽然不能来了，可是方老已经到了，萧飞本就是为了招待他才请的这些人。这会儿他都在电话里骂人了，可还没找到合适的演奏者。”

戚雨牧剑眉轻蹙：“方老不能得罪，他这次的合作方老是主投？”

“谁说不是呢。”杜钦也跟着叹口气，“可这临时出的纰漏，而且古筝演奏不像钢琴那么好找呀。”

“我来想想办法。”

戚雨牧拿出手机，正准备帮朋友询问一下，却听到身边一道轻缓的声音响起：“不好意思，请问你们是想要找人弹奏古筝对吗？”

他讶然地转过头，看着忽然出声的顾彩虹。

杜钦接了话，笑着说：“是，戚太太可以帮忙？”

顾彩虹微红着脸，清澈的目光看着他们：“普通的演奏我还可以胜任，我有学习过，古筝证书是十级。”

“十级？那很厉害了啊，萧飞那家伙找来的那个专业乐团的，好像也是十级啊。”

“不能这么比，我演奏经验没这么丰富，跟专业的演奏家不能比。”顾彩虹连忙说。

杜钦笑起来：“戚太太，别谦虚，你等一下，我去找萧飞过来。”

杜钦离开后，戚雨牧看着顾彩虹。

顾彩虹被他望得有点心虚：“那个……如果不方便的话，我不是想给你惹麻烦。”

“我从没听你弹过古筝。”男人低沉的声音让顾彩虹心尖一荡。

“我的琴在家里……结婚后，没有搬过来。”

她轻细的声音让戚雨牧觉得有些可爱，他被自己这种感受吓了一跳，下意识地严肃了一点，俊脸也板了起来。

顾彩虹误以为他生气了。

两人之间的气氛有些异样的尴尬跟沉默，好在这时萧飞跟杜钦走了过来。

顾彩虹在与戚雨牧结婚时见过萧飞一面，一米九的男人，乐天爽朗，仿佛跟戚雨牧不是一个频道的人。可就是这样两个人，是最好的朋友。

戚雨牧是珠宝设计师，萧飞做的却是服装生意。

“彩虹。”萧飞自来熟地握住顾彩虹的手。

那一声彩虹，让顾彩虹怔了一下，戚雨牧则是瞪了他一眼。

萧飞把两个人的反应收在眼底，暗自好笑。

“听说你会弹古筝，那真是来救我了。”萧飞笑意满满地说。

“不知那位老先生喜欢怎样的曲目？”顾彩虹想了想问。

“这个你跟我来，我告诉你。”萧飞热情地向她伸出手，意思让她挽他的胳膊，他回头看着戚雨牧，“雨牧，把你太太借我一下。”

当古筝琴声响起的时候，戚雨牧正执起一杯香槟，听杜钦侃侃而谈新一季的主题珠宝。

戚雨牧循声望去，那边远远的高台上，顾彩虹坐在那里。一袭水墨丹青般的古典旗袍，优雅温婉的发髻。她姿势端庄，虽看不清脸，但光是那样一个侧影，便让人感受到一位淑女的魅力。

琴声优美高扬，戚雨牧虽不大懂这些，却觉得随那古筝之声，心情沉静下来，有种高山流水的明快之感，安静且绵长。

他听到杜钦按捺不住的惊叹声："哇，嫂子弹得真棒。"

杜钦察言观色，悄悄指给戚雨牧看："你看那边，方老听得很入迷。"

戚雨牧轻轻啜一口酒，望着在舞台上的丽人。他眼眸深湛，只看着顾彩虹，一刻也不曾移开。

顾彩虹拨弦的双手灵活优雅，随着琴声行进到尾声，那方老忽然放声吟道："浴兰汤兮沐芳，华采衣兮若英。"

顾彩虹听了微微一笑，手指收音，对上方老，清婉的声音回道："灵连蜷兮既留，烂昭昭兮未央。"

"好！好！"方老熠熠的眼睛望着她，忍不住拍起手来。

谁都能看得出老爷子很开心。

顾彩虹从台上下来，陪着方老说了好一会儿话，对方才肯放人。

萧飞对顾彩虹甚为感激，把她送回戚雨牧身边。

一会儿工夫，顾彩虹便被敬了好几次酒，虽有戚雨牧挡着，但不知不觉中，顾彩虹也还是喝完了一杯香槟，终于被萧飞跟杜钦放过。

等他们离开后，顾彩虹开始觉得有些晕晕乎乎。一旁戚雨牧看出她有几分醉意，便说："出去吹吹风？"

顾彩虹愣愣地看着他，一贯清澈的眼神都变得蒙眬，竟看得戚雨牧心脏一跳。

就见顾彩虹傻乎乎地点了点头，忽然笑了：“好啊。”

这就是她醉酒的模样？戚雨牧忽略自己不平稳的心跳，用沉默维持自己的镇定。

他向她伸出手，顾彩虹柔软的手挽上来，然后整个身子的力量都放到他手臂上，他差点给她拖得一个趔趄。

难怪别人都说，千万不要给女人喝酒。

看来是有道理的。

“出发！”喝醉的顾彩虹竟有这样活泼的一面，戚雨牧怔然。

第五章

guai ta guo fen chong ai

她的眼神晦暗冷漠，锋利得仿佛冰刃一样

宴会厅的后面是露天花园，夜景的灯光很是迷幻，五彩交织，就像是一个用灯画成的闪亮世界。

顾彩虹似乎看得很开心，戚雨牧听到她不断发出“好美”的惊叹声。

他心中疑惑，那杯香槟的酒精含量应该不高，可她喝醉了，还和平常判若两人。

戚雨牧忽然觉得，也许有必要给她立一个禁酒令，她的酒品实在不怎么样。当他还在思索的时候，顾彩虹却倏然放开他的手，往前蹦了一下：“哇，喷泉！”

她让他想到那部动画片里，进入仙境的爱丽丝，应该就是这个模样。

顾彩虹的眼睛闪闪亮亮，就像看到了什么珍宝一样，围着那泉水转了两圈，还走得跌跌撞撞。

戚雨牧不得不走近她，准备随时充当人肉垫子来支撑她的平稳。

“我可以去那水里走一下吗？”她忽然轻快地问。

戚雨牧心神一动还来不及回答，就见她脱下自己的高跟鞋，不，是踢飞了。

然后，她蹦蹦跳跳地走入喷泉池水里。

她穿的是短裙，那水没过她的膝盖，而她踩得不亦乐乎。

“顾……彩虹。”戚雨牧出声唤她，他突然发觉这似乎是自己第一次这样叫她的名字。

心上的感觉很难描述，他禁止自己那些辨不清的情绪。

“回来。”他并不想看到她这样摇摇晃晃疯疯癫癫地走在水池里，活脱脱一个女疯子样儿。

当然最主要的原因不是怕丢脸，而是担心她会摔着。

但顾彩虹回望他的那一眼，让他想说的话全憋回去了，那样委委屈屈小心翼翼的一个眼神，还咬着嘴唇，真的让人很不忍，不忍去破坏她此刻的心情。

于是，戚雨牧闭嘴了。

他的沉默配合换来顾彩虹一个倏然绽放的笑容。

那笑容灿烂得让戚雨牧一瞬屏息，他怔怔地看着她，第一次无法思考。

“啊。”顾彩虹蹦跳地向前踩了一下，身子忽然一晃，眼看要摔倒，戚雨牧飞快扑上去，用自己颀长的身躯稳住了她。

顾彩虹咯咯笑起来，装着星辰一样的眼亮闪闪地看着他：“谢谢你啊。”

戚雨牧被她看得心跳怦然，听到她说：“我曾经看过一部电视剧，名字叫《moonlight》，可惜它被砍了！它被砍了！”她愤愤地重复了两遍。

“女主角也这样赤脚走在水池里，而男主角默默跟着她，天知道我看到那一幕的时候有多心动。”她梦呓一样地说着，随即又自己傻呵呵地笑起来，亮晶晶的眼看着他，“那个，这位先生，你要不要也来走一下？”

戚雨牧被她看得心头一窒，忍不住哑声问：“你知道我是谁吗？”

“知道。”顾彩虹点了点头。

戚雨牧却不相信，他很怀疑她现在人都认不清楚，就这个酒品，万一碰到坏人……他沉了脸，贴近她，低头看她熏红的面颊，低声问：“我是谁？”

“我丈夫。”顾彩虹笑呵呵地看着他，手忽然伸过来环住他的脖子，整个人都吊在他身上。

喝醉的人可真沉，就算是她这样娇小的女人。

戚雨牧伸过一只手轻轻扶住她的腰身，稳住她，因她那三个字而感到心旌摇曳，从未有过这样的动摇。

那三个字仿佛带着魔力般。

丈夫一词于他而言，是一个陌生却又带着莫名责任感的名词，他还是第一次感受到沉甸甸。

“顾彩虹。”他哑声唤她。

“嗯？”她迷离的眼抬起，莹莹看着他。

戚雨牧仿佛被下咒般，不由自主地抽去她绾发的簪子，一头如墨缎般的长发瞬间披散下来。

男人一只手搂着她的腰，一只手轻轻滑过她黑亮的长发，瞬间扣住她的脑袋，俯下身，性感的薄唇狠狠压上她柔软的樱唇。

“唔……”顾彩虹发出闷闷的抗议声，似乎想要推离他的桎梏。

然而，他紧紧地拥着她，改成双手环抱的姿势，扣着她纤腰，将她整个人都揽在自己怀里，加深了这个仿若梦幻的亲吻。

这一刻月光下，两个人的身影仿佛契合成一个，叠成长长的影子，在喷泉边相依相偎，所有的柔情，都化为缠绵的深吻。

晚宴结束后，因场地离市区很远，客人们都休息在了萧飞一早准备好的酒店房间。澜庭酒店处在半山，套房的阳台可以望见山景，颇有几分惬意。

戚雨牧安置好顾彩虹，才得空去冲澡。他临走时还不放心地回望她一眼，直到看见她乖乖地窝在一张大的沙发里，抱膝看着夜景才稍稍放了心。

门已被他锁好，他觉着以顾彩虹目前的状态应是不能自己开锁出去的。

“彩虹，乖乖的。”他的手轻抚过她的脸庞，不由自主地放柔了声音，叮嘱她。

得到顾彩虹的回应，他才转身走去浴室。

顾彩虹包包里的手机响起来，她翻找出来接起，手机里传出她不怎么喜欢的声音。

“顾彩虹。”

顾彩虹微微皱了眉。

“顾欢妤，”顾彩虹也不客气地叫了对方的名字，“你找我有什么事？”她现在很不舒服，脑袋晕晕沉沉，人像在旋转，太阳穴隐隐刺痛。

顾彩虹轻轻按住自己的太阳穴，并不想跟顾欢妤废话。

“你昨天打电话给童瑞尔做什么？你知不知道他是我男朋友，别告诉我你到现在还没对他死心。你最好注意一点分寸，你结婚了，戚家也容不下你这样！”

顾欢妤的每一句话都让顾彩虹皱眉，对方的声音就好像刺耳的喇叭，把她头脑里的噪音无限放大。

顾彩虹刚想反驳什么，脑海中蓦地刺痛像突然被狠狠敲打了一下。如果她能够看到镜子里的自己，就会发现她的眼神在一瞬变了。

此刻镜中映出一张冰冷的女性脸孔，她的眼神晦暗冷漠，锋利得仿佛冰刀一样，带着嫌恶与不屑，最后竟勾起唇轻轻笑了。

“顾欢妤。”顾彩虹用轻蔑的口吻喊出这个名字。

顾欢妤听得一怔，还没反应过来顾彩虹这个不对劲的语气，就听见顾彩虹冷冷的声音：“你以为你是谁？”

顾彩虹满脸不屑：“一个不要脸的小三的私生女，还敢对我大呼小叫。把你的话还给你，你以为你是谁？你是看不住你的童瑞尔吗？那么害怕我联系他，你是觉得他跟我说一句话，就会不受控制地爱上我，把你抛弃？顾欢妤，你有没有发觉，自己有多可笑跟可怜。”她说着竟痛快地放肆大笑起来。

电话那边的顾欢妤被顾彩虹说得手足冰冷，几欲窒息。她万万想不到顾彩虹会对她说出这样一番话来。

她不敢相信这会是顾彩虹，顾彩虹吃错药了吗？那个一向沉默以对温婉到让人倒胃口的顾彩虹，居然会对她说出这样一番话来。

“顾彩虹，你疯了吗？”顾欢妤气得破口大骂，“你敢这样跟我说话！还是我说对了，你对瑞尔就是没死心，你想勾引他？我会告诉爸爸，你等着！别以为他会一直可怜你母亲，我要让他跟你们断绝来往！”

顾彩虹一脸无所谓地听她跳脚似的反击，只回敬给她三个字：“你随意。”

“顾彩虹！”顾欢妤不敢置信地大喊大叫。

顾彩虹无视她，挂断手机，并且干脆地按了关机键。

戚雨牧束着白色的浴袍从浴室走出来，就看到了很诡异的情景。

顾彩虹一个人对着镜子，脸上的表情是他从未见过的冷蔑跟不屑，她似乎在瞪着镜中的她自己。

镜中，她的面容呈现出一种不同往日的清冷傲慢，嘴角微扬：“你看看你这副样子，顾彩虹，你还要这样活到什么时候？”

戚雨牧的心脏里蹿过一股冷气，此情此景，他确定自己不是幻觉。

“顾彩虹。”他走近她，轻唤她的名字。

她转过头来。

那一眼之下，戚雨牧从心里觉得他面前的这个人不是顾彩虹。虽然她有着跟顾彩虹一模一样的面孔，可眼里的寒凉、犀利、戒备，全然像一个陌生人，还是对他存有敌意的陌生人。

戚雨牧冷静了几分心绪，看着她说：“你喝醉了，觉得难受吗？”

他伸出手想要去扶正她的身子，她如避蛇蝎般地躲开：“别碰我！”

她这样尖锐幽冷的声音，他也从未听过。

戚雨牧的脑海里迅速过滤着好几种可能，刚想要说什么，就看着顾彩虹忽然“咚”的一声，直挺挺地倒下身子落到床上。

戚雨牧急忙去看她，却发现她呼吸平稳，似乎只是睡了过去。

戚雨牧静默了几秒之后，帮顾彩虹脱去鞋子，扶着她躺好，替她盖上被子。

他静静地望着她的睡颜，脑海中又掠过方才惊见的那张冷酷轻蔑的脸，和她满身的狠厉、防备、抗拒。

这是她喝醉之后的反常反应，还是……

想到某种可能性，戚雨牧心口一窒。他深呼吸了一下，放松自己，确定床上睡着的顾彩虹并无异样后，他放弃了马上找医生的想法。

这本是一个美好的夜晚，方才在喷泉边的那一吻，让他发觉自己内心深处并不排斥这个女人。

但是她身上，似乎藏着许多秘密。

这是第一次，戚雨牧有一种自己从未真正了解过顾彩虹的想法。

方才那样反常到诡异的情形，他并不认为是醉酒的反应。

戚雨牧沉思片刻，望着顾彩虹的睡颜，轻叹一声。他轻搂过她，觉得还是要给她换上睡衣，她才能睡得舒服些。

晨曦的光芒照进屋内，窗纱随清风拂动，轻抚在顾彩虹脸上，让她在脸颊痒痒中醒过来。

顾彩虹盯着天花板愣了三秒，才反应过来这个应该是酒店的房间。

昨晚她的记忆断片，最后回想到的似乎只是月下的喷泉，戚雨牧……想到这个名字，她倏然望向身旁。

这一望之下，顾彩虹才发现目前的情形有多尴尬。

她竟像只无尾熊一样整个缠抱在戚雨牧身上！

好在男人还未醒，顾彩虹瞬间充血的脸才恢复一点。她镇定下来，轻手轻脚地放开他，想要回归规矩的姿势。

无论怎样想都记不起来昨晚到底发生了什么，很显然她喝醉了，应该是戚雨牧带她回来的，可是，为什么他们两个是这种情形躺在一起？

顾彩虹下意识地探进被褥检查自己，在发觉自己身上的旗袍已经换成了睡衣之后，整张脸又涨成了霞色，呆若木鸡一动也不敢动了。

是戚雨牧帮她换的衣服吗？虽然他们是夫妻也并没什么，但……

顾彩虹觉得脑袋有点发蒙，似乎怎样都理不清楚。

以戚雨牧往日对她的态度，他怎么能容忍她这样肆无忌惮抱着他睡？唯一的解释就是他睡着了什么都不知道。

一定是这样。

顾彩虹迅速理清之后感觉松了口气，回身想要看看身边男人醒了没有，她摆出想要开溜的姿势，却不料转头就对上一双湛黑的大眼睛。

他什么时候醒的？

“早安。”男人沙哑的嗓音带着磁性的回旋，撞得她怦怦心跳，他的长眼尾微微上挑，带着慵懒的风情，迷人至极。

这好像是结婚以来第一次听到他对自己说早安，还是在床上这种情形？无论顾彩虹怎么想，脑袋都像一团糨糊，她极不适应。

“那个，我……不好意思。”她想要道歉，她自我反省真的不能喝酒。

对上戚雨牧的脸，她一瞬间又有些看呆了。

男人的面庞是这样清晰地在她眼前，即使嘴唇周围带着一圈淡淡的胡楂，也不影响他的英俊，反而让他更添了几分性感。

他的眉眼如画一样，每一样都恰到好处，他是她见过最好看的人。她心里无端地冒出这样的念头。

戚雨牧和她想的却不是一回事。

他仔细看着顾彩虹，这才是一直以来他认识的顾彩虹。

沉静温婉的神色，神情里再无一点昨夜的偏执冷傲。

回想起昨夜惊鸿一现的画面，戚雨牧的心沉甸甸地落了下去。

显然，这里面存在着极大的问题，可能连她自己都没有意识到。

“顾彩虹……”他忽然想问她有没有生过病，特别是……精神疾病，但出口的话又哽在喉间。

她黑白分明的眸子，那样没有防备地看着他，他感觉自己心口一悸，仿佛被轻轻撞了一下。

第六章

如果你怀孕了，要马上告诉我

咖啡馆里坐着一个非常俊美的男子，只见他穿着一袭白色的休闲西服，日光照在他的白西装上，就像被打上一层柔光。

他气质温润，整个人散发着一股莫名的亲和力，让人忍不住想要亲近。当值的丽丽忍不住想，谁能有幸做这位男士的女朋友呢，真的想一想都觉得羡慕。

丽丽忍不住过去为他添水。

他侧过脸对她微微一笑："谢谢。"

哇，连声音都这么好听。丽丽晕乎乎地红了脸蛋。这时，一道清丽的声音从她身后传来："对不起，我来晚了。"

丽丽回过头，看到一个清丽典雅的女人，她的着装并不时髦，但整个人给人一种非常舒服的感觉。

是他女朋友吗？还真的……挺配的。丽丽有些酸酸地想，只能保持店员的礼仪离开。她忍不住回头看一眼那个女人，身材纤细苗条，一头乌黑亮丽的长发，非常有气质。

唉，丽丽大大叹了口气。

"我没有等很久。"童瑞尔笑笑地看着眼前的顾彩虹，"不介意的话我已经替你点好单，是你喜欢的花草茶。”他说话的时候，一双温柔的眼睛一直望着顾彩虹。

“谢谢你了，瑞尔。”顾彩虹和童瑞尔认识很久了，不过她要询问他的事情有点沉重，这让她的心情不是很好。

童瑞尔察言观色，正了正神色，柔声问：“你有什么事情要问我？那天你在电话里并没有细说。”

“嗯，是这样的。”顾彩虹抬头看他。

童瑞尔在她的眼神里看出一丝无助和害怕，这让他的心沉了沉。

“是不好在医院说的话题吗？”

“我并不想去那里。”顾彩虹看着他，眼神坦白而真诚，“瑞尔，我好像又……看见她了。”

她的话让童瑞尔心神一紧，他望着她，半晌才说：“你说说看。”他尽可能让自己保持松弛的神情不去影响她，但声音还是因为担忧和震惊而有一丝喑哑。

“近来有些事让我压力比较大，可能影响了睡眠。有天晚上，我在镜子里看到了她。我看到她笑了，她的眼神让我很害怕，和以前一模一样……”顾彩虹讲出自己最深的秘密时，感到了透遍全身的寒意，仿佛看到那个让她惧怕的自己。

“后来呢？”

“后来我似乎是晕了过去，再醒来的时候就一切正常。”

“就这样一次吗？你丈夫……他有没有发现你的异常？”提到她

的丈夫，童瑞尔的声音又轻哑了几分。

顾彩虹的神情有点迟疑：“我……我不知道，前天我和他去参加一个晚宴，在晚宴上我喝醉了，之后的事我就都不记得了。我不知道她有没有再出现过，但是雨牧他……并没有表现出什么异常。”

顾彩虹其实也不确定有没有再发生过什么情况，她醉酒那晚断片得厉害，心里总有些不安，怕戚雨牧发现她的秘密。但戚雨牧的表现一切如常，这让她稍稍放心了。

童瑞尔见顾彩虹提起戚雨牧时的神情，心里不免有几分淡淡的酸涩和怅然。半晌，他振作精神，认真问她：“彩虹，你可以跟我仔细说说你那晚见到她时发生了什么事吗？你的心情……”

他是精神科的专家，自然明白应该是发生了什么剧烈的情感变化，造成病人的精神状态不稳，这才是分裂人格出现的最大可能。

但彩虹的情况又不一样，过去几年里，她已经完全没有发病的状况，怎么又会……

顾彩虹轻轻抿唇，神情绷紧了一些：“最近我的压力的确有些大，那天也是因为跟婆婆有过一番不愉快的对话，我感觉到压力……”

“她很过分吗？”童瑞尔不由自主地问，声音里的担忧令他自己也有几分尴尬。

意识到自己的失态，他轻咳一声，轻声说：“不要误会，我不是故意要探听你的隐私，只是你知道的，如果她让你的情绪紧绷不快或者让你感到极大的委屈，造成激烈的冲突，或者想要保护自己，那么

‘她’出现也是在情理之中了。”

“可能是吧。”顾彩虹下意识地抱紧自己的双臂，只觉心烦意乱，“瑞尔，我很怕，我不想她出来，不想她扰乱我的生活……”

她的声音带着脆弱和混乱，童瑞尔只感觉自己的心脏被揪起，阵阵刺痛。

他深吸一口气，摆脱这种对她过盛的感情，他是一个专业医生，而她在向他求助。

他沉吟道：“彩虹，这样，你抽空来我这里做一个全面检查，我们再讨论。你别太紧张，或许情况不像你想的那样糟。这种情况，治愈的病人有反复也曾出现过，需要我们耐心地对待。”

童瑞尔认真地看着顾彩虹，忍不住轻轻握起她的手：“相信我，不要害怕，我们可以一起面对，我愿意做你的倾听者。”他喑哑的声音带着几分温柔。

顾彩虹在听到可能复发时，心口猛烈地牵扯了一下，只能怔怔地看着童瑞尔。

而她不知道的是，在不远处带着命令行事的盛安，看得一脸蒙，心里忍不住呐喊：出大事了。

老板只是让他留意太太最近的行程,可他没想到能看到这样一幕。

十一层窗明几净的会议厅，会议结束，负责汇报的总经理余笙松了口气，收拾资料的时候，还不忘看一眼就在身旁的戚雨牧。

方才会议中间，被戚雨牧犀利地指出几个他本抱着侥幸心理，希望能逃过的问题之后，他就再无怠慢之心。自己这位老板真是数年如一日的犀利雷霆，每次都是直指重点。

“余经理，恭喜你啦，听说你太太怀孕了。”宣发部的部长罗婷走过来，笑着揶揄他。

余笙冷汗。这罗婷算是他前任，两人虽然吹了，现在在公司也算相处还和睦，不过罗婷的厉害他是知道的。

“罗部长客气客气了。”余笙忙笑着寒暄。

“不办个 party 庆祝一下吗？”罗婷皮笑肉不笑地问。

余笙心头惴惴，汗流浃背：“这也没那么夸张啦，内人的怀孕也算意外，她自己三个月了才察觉。”

余笙只想罗婷放过自己，孰料老板的声音忽然响起：“女士怀孕的话，会这么久自己都没发觉？”

余笙差点惊掉眼镜。

罗婷亦是惊讶地望了戚雨牧一眼，随即回味他的话，又觉是老板对这方面有些弱智，实在好笑。

虽然生理常识谁都知道，但现实情况里，后知后觉的女性不在少数。

于是，罗婷忍不住说：“这个也算正常啊，就拿我这样的职业女性举例，如果工作很忙，生理期乱了也不会察觉，没有前期妊娠反应的话，那没发觉自己怀孕简直太正常了好吗？”

余笙跟罗婷看着他们老板若有所思又似乎高深莫测的样子，都在等着他发表什么“惊人”之语。

谁知只等来一个微微的颔首，然后就看到老板迈着大长腿，优雅地走出会议室。

余笙跟罗婷面面相觑，又彼此嫌弃地看了对方一眼，就各自拿起文件离开。

戚雨牧坐在那里，看着盛安交给他的照片。

照片里，顾彩虹和一个年轻男人在一起。男人的年纪和他相仿，着白西装，举止文雅。

一张两人握手的照片映入眼帘，戚雨牧觉得有些不顺眼。

“董事长，这是我跟了太太几天拍到的。今天她跟这位男士见面，谈了一些事情，两个人看起来很亲密，似乎认识很久了。”

“他的职业？”戚雨牧沉吟问。

盛安佩服自己老板沉得住气，这任谁看了都会怀疑老婆给自己戴了顶绿帽好不好，谁知道他家老板还能镇定发问男人来历。

“他叫童瑞尔，中海医院精神科医生。”

就在盛安还在为老板的沉稳不禁感叹时，就看到老板的脸色变了。

盛安惊讶地睁大眼睛，说实话，他跟随戚雨牧这么久，还从未见过戚雨牧有这样震惊的神色。

虽然戚雨牧很快收敛神情，换上一副淡然模样，但盛安还是能感觉到他内心的波动。

“除此以外呢？”戚雨牧凝声问。

“还没有详细调查，不过已经联系了周先生。”盛安马上恭敬地回答。

“告诉周宇翔，我需要这个人的全部资料，尽快。”戚雨牧的指令一向简洁明了。

闻言，盛安也知道这事的重要性了。

戚雨牧回到家的时候，看见顾彩虹在沙发上整理一个小型的行李箱，一副要出远门的样子。

他不禁微微蹙眉：“你要去哪里？”

近来顾彩虹已经颇为习惯戚雨牧时常回家了，对于他的出现也并不意外。

但在接触到男人那张俊美非凡的脸时，她还是乱了心跳，回答他：“我有工作，要随甲方到 W 市几天。”

“具体是几天？”

他问得这么详细让她微吃一惊。

“大概四天。”她坦白地回答。

戚雨牧不再说话了，顾彩虹从他那张淡定自若的脸上，也看不出他是高兴还是不高兴。

想到她离开后他的三餐跟家里的家务问题，她又觉得以戚雨牧的能耐，还不需要她交代安排这些。反而很可能会嫌她烦，于是她决定不多嘴。

戚雨牧没有再出门的意思，顾彩虹准备了两人的晚餐。

他从书房出来时已换了便装，并且一副要同她共进晚餐的模样，令她有稍许不适应。

她看了看天边晚霞的颜色，忽然想这样的情景不正是她所想象的婚后生活吗？

和自己爱的人在一起，两个人一起其乐融融地用餐，一起聊天，虽然等下可能跟戚雨牧只会大眼瞪小眼。

晚餐时，戚雨牧突然开口了，他一开口还是令顾彩虹差点呛到的惊人之语。

“你有没有怀孕的状况？”

男人的声音有一点儿迟疑。

“咳……咳咳……”

顾彩虹呛了一下，咳嗽起来。

她掩着嘴咳嗽着想要拼命镇定，一颗心却又如同乱跳的小鹿般冲撞着，视线落到男人脸上，才发觉他的脸上似乎有一抹不正常的淡淡霞色。

可他的脸还是板着，顾彩虹只觉得他似乎面瘫得更厉害。

戚雨牧说：“如果你怀孕了，要马上告诉我。”

顾彩虹呆滞了半晌，才轻声说了一个“好”字。

她真的揣测不出他的心思，他这个意思是好还是不好呢。

若说他不想她怀孕，她从他的神情里找不出厌恶。若说他想，但从头到脚打量他，却也不像那么回事。

顾彩虹一颗心怦怦地跳动，一餐饭在心不在焉中慢慢吃完，疑惑的视线还是不时地落到始作俑者脸上。然而对上戚雨牧英俊的脸，她只能感觉到让自己沉沦的魔力。

饭后，戚雨牧发出了让顾彩虹更为震惊的言论："我可以洗碗。"

男人这句不轻不重的话，让顾彩虹讶然地瞪大了眼睛。

戚雨牧被她看得有一丝不自在："你煮的晚餐，我来收拾，这很合理。"

原来戚先生还是一个奉行不大男子主义的男人哪。顾彩虹心中暗自偷笑。

可是她真的很怀疑，他会洗碗吗？他——会——吗？她只想大声重复这三个字。

"其实不麻烦的，碗不多，你可以去书房看会儿书或是处理事情，我来洗就好。"

顾彩虹想了想，说得尽量委婉。

她觉得还是自己来洗碗比较合适，不想看到一会儿戚先生打碎碗碟，还要她收拾，她觉得那反而是增加她的工作量。

但是面对戚雨牧，这些话她又说不出口。

“你在质疑我？”聪明如戚雨牧，一下看出了顾彩虹的潜在意思。

“没有，没有。”顾彩虹头摇得像拨浪鼓，矢口否认，一脸纯真，她这副模样竟让戚雨牧觉得有些可爱。

他嘴角微扬，只转过身，撩起自己的衣袖，直接行动。

第七章

guan tu gua fen chang ni

我住在蓝鲸酒店，
你要和我一起回去吗？

“那个不是刷碗的。”顾彩虹看戚雨牧架势很好地去抓一块抹布，忍不住提醒，“那边那块淡蓝色的海绵球，是刷碗的。”

戚雨牧俊美的脸保持镇定到面瘫的神色，“波澜不惊”地将抹布换成了海绵球。

他在寻找一种名为洗洁精的东西，然而他触目所及，一排颜色各异的瓶瓶罐罐整齐地摆放在支架上……

珠宝设计师戚先生居然一时看愣了眼。

“这个。”顾彩虹抓起他拿着海绵球的手，在一个绿色的瓶子上挤按了一下，一股清新的柑橘味道随即溢出来。

戚雨牧的心跳动了几拍，不是因为那柑橘的甜美，而是因为那只手的触碰，软软的触感，令他情不自禁地心旌摇曳。

“不然，还是我来吧。”顾彩虹完全没有察觉戚先生这种旖旎的心思，她实在是看不出他身上有一丁点能干家务的气息。

“我来。”他的薄唇微微抿紧了，露出倔强的弧度。

通常戚雨牧不会因为这种小事不爽，但不知为什么，被顾彩虹小看的滋味，不是那么好受。

顾彩虹怕他生气，便站远了一些，迟疑地轻声说：“那你有什么需要就问我。”

她深知对方应该不想被人看见自己笨拙的样子。戚雨牧的自尊心很高，这点她还是知道的。

她走回客厅慢慢在沙发上坐下，嘴角忍不住上扬，心里由衷地觉得戚雨牧的这一面很可爱。

因厨房是开放的设计，里面的动静可以传入客厅里，顾彩虹心不在焉地看着电视，实则为男人揪着一颗心，只希望不要听到锅碗瓢盆碎裂的声音。

然而正当她这么想的时候，就传来一道清脆的玻璃砸碎的声音。

顾彩虹微微受惊地回头，对上戚雨牧同样受惊的脸，她从未见过这样的他，看起来就像是一个做错事的孩子。

他脸上懵懂疑惑纯挚的表情，简直让顾彩虹乱掉心跳，一颗心为他雀跃不止。他真的太可爱了，抛去平常刻意装扮的成熟持重，竟是这样可爱的一个男孩子。

而这个人，是她的丈夫。

她好喜欢他。

戚雨牧不发一言地蹲下身想去捡碎片。

“放着不要动。”顾彩虹刚出声阻止，就看到了他被玻璃划伤流血的手指。

再也不要让一个没做过家务，全无家务细胞的人做这样的事了！

这是顾彩虹见到戚雨牧流血后手足发凉的第一个反应。

她跑过去满脸担忧地托住他的手，急声说："你别动，等我拿医药箱，什么都不要碰了。"

"什么都不要碰了"这句话，像魔音穿脑，戚雨牧心里有那么几丝不甘跟不爽，还有些泄气。

顾彩虹很快拿来医药箱，先仔细查看戚雨牧的伤口里还有无碎片，确保没有之后，她才用棉签蘸了药水轻轻地压到他伤口上："会有一点疼，忍一下。"

她忍不住轻轻地往他手指上吹气，想要减轻一点他的疼痛。

从他的角度，可以看见她轻垂的侧脸，她皮肤白皙，秀发散逸地垂落下来，整个人在柔光的照耀下有种吹弹可破的晶莹感。

她的神情里有种关切的温柔，这深深攫住了他的视线，仿佛有什么东西落在他心脏上，并且温柔又固执地镶嵌进去，竟让他有些屏息。

顾彩虹吹着戚雨牧的手指，熟练地剥开创可贴替他包扎好伤口。

"好了，晚上洗澡的时候注意一下，不过这个是防水的……"她话音未落，倏然被他吻住了双唇。

男人的嘴唇温暖炙热，身上散发着淡淡的草木香气，他不抽烟，身上没有那些浓烈的气味，不知用的什么香水，一直都是这种清淡的仿佛森林和旷野的味道。他的气息让她沉醉，他的吻温柔又浓烈，吻得她心如撞鹿，她闭上了眼睛，睫毛轻轻地颤动，仿佛在倾诉这份缱绻的温柔。

第二天，戚雨牧醒来的时候，顾彩虹已经离开了。看着空荡荡的房间，他顿时感到这栋屋子十分清寂。

顾彩虹坐在飞机上，关闭了的手机仍握在手中，一副若有所思的神情。

戚雅颂看她的神情，笑问：“在想什么这么出神？”

顾彩虹微红了脸：“戚小姐，你有男朋友吗？”

“说了不要叫我戚小姐，叫我雅颂就好，嫂子。”戚雅颂顽皮地对她眨眨眼。

“那你也叫我名字吧。”每一次被她叫嫂子或者大嫂，顾彩虹都说不清自己那股羞涩从何而来。

戚雅颂爽朗地笑起来：“好呀！彩虹，我从没见过像你这么害羞的人，都跟我堂哥结婚这么久了。”

戚雅颂快人快语：“你跟我外出工作，我堂哥知道吗？说起来你结婚以后还能工作，我也蛮惊奇的。”

顾彩虹凝眸看她：“嗯，他没什么意见，婆婆就稍微有点……”

戚雅颂明白她的意思。

“看来也只有他一个人支持你。我就奇怪了，像伯母那种老巫婆个性，怎么可能放任你继续抛头露面？”

老巫婆？戚雅颂也太敢说了。顾彩虹想象了一下，居然觉得还真的有些贴合。

“舞台剧就表演三天，之后有个晚宴，你也和我一起参加吧。我想要一个惊艳全场的妆容。”戚雅颂率直的脾气，什么话都是直接出口。

顾彩虹轻声问：“为什么，那个宴会对你很重要？”

“是很重要，因为有前男友，而我想要让他看看我现在比以前更好的样子，让他觉得跟我分手是他的损失。”戚雅颂轻哼一声。

“舞台造型因为之前的接洽会议，我很有信心，但晚宴的造型，我得想想，时间很短。你想要怎样的？礼服得和妆面配合……”

顾彩虹认真询问的样子，让戚雅颂忍俊不禁，觉得她这样一板一眼的样子可爱透了。

“别担心，不急不急，我们还有三天时间好好想。而且，凭我的姿色，都已经胜了一半了。”戚雅颂附耳对顾彩虹轻言，“我比他现在的女朋友漂亮多了。”

顾彩虹看她那么洒脱的样子，被她逗笑，由衷地说：“是，你非常漂亮。”

聊到这个话题，戚雅颂也想起来：“彩虹，你知道林翎吗？知道她和我堂哥的事吗？我听说她回来了。”

“嗯，有见过一次。”提到林翎，顾彩虹的心情有点低落。

“我跟你说个秘密，我一直不喜欢她。”戚雅颂忍不住友好地拍拍她的面颊，像极了亲密的闺密。

“为什么？”顾彩虹有点惊讶，她以为像林翎那样的样貌和春风和煦的谈吐，应是非常讨人喜欢的。

“没什么，我的眼睛犀利。我有个外号，叫鉴婊达人，你知不知道？”戚雅颂轻笑起来。

顾彩虹被她说得一愣。

戚雅颂又道：“像她这种从里装到外的‘绿茶’，可以说是我的雷点。可男人呢，好像偏偏非常喜欢这一型的。我没见过有几个男人能抵抗住，你说可不可笑？某种程度说，男人也真是愚蠢，识人不清。

“我听说她最近回来了，你要小心点提防她作妖。我堂哥曾经爱她爱得死去活来，毕竟青梅竹马一起长大，他应该属于那种冷淡的男人，但我只见过他对林翎一个女人区别对待。你知道吗？是她先要分手的，她要到国外深造，本想让我堂哥跟她一起走。但堂哥为了家族的事业拒绝了。这是他们分手的原因。”

顾彩虹轻轻应了声，她虽然大概了解，却也从未听人那么细地说过。

“我说这个不是要让你难过，只是想让你知道得多一些，一定要小心提防这个女人。她真的不简单。”

戚雅颂轻叹口气，一双莹莹的眸子看着顾彩虹：“我很喜欢你，第一次在婚礼上见到你就很喜欢。我觉得你和我堂哥很相配。我堂哥这个人其实很单纯，稳重能干只是他的外表，实则他跟我一样，心里住着个小孩，只是这一面的他，长大后我就再没见过了。

“戚家并不像表面看到的那样光鲜亮丽，有太多不好的东西，我和堂哥都见过。但我还可以选择自由不负责任，他却必须担负起家族的责任。所以我很开心，他能娶到你，彩虹，你温和善良又认真，真的很配他。”

顾彩虹被戚雅颂说得有几分脸红，还从没有人把她说得那么好。

“自从我爸去世以后，那个家里，我唯一关心的人只剩堂哥了。我希望他能幸福。”戚雅颂似乎回想起某些旧事，脸上露出怅然的神情。

她倏然一笑，转而说：“瞧这气氛，被我弄得怪怪的，总之你别有压力，和我堂哥好好过日子就行了。要是林翎那个‘绿茶’有什么花样，你尽管找我，我一定尽力帮你。”

戚雅颂握住顾彩虹的手，顾彩虹盈盈一笑。

戚雅颂喜欢她明媚温暖的笑容，忍不住又轻轻揪了下她的脸：“哈哈，就你这肉肉的小脸蛋，就比林翎那张蛇精脸可爱多了。”

顾彩虹被她说得有些无语。

戚雅颂哈哈大笑起来。

盛安静立在戚雨牧身边，而他的老板大人此刻正专注地翻阅着一份文件。

显然没有注意到旁边那道热情如火的眼神。

盛安汗涔涔，这样盯着他老板的是一个火辣美女，此次承办他们珠宝展 GK 公司的宣传总监。

对方的长相完全可以去当明星，盛安是这么觉得。

秦可沁的美是艳丽的、张扬的，在人群里你一定会首先看到她。

自合作以来，秦可沁对自家老板表现出的好感，让盛安很难不想歪。

可惜戚雨牧在这方面向来后知后觉，面对那种头皮发麻的盯人眼神，他依旧可以淡定自若。

这也是盛安极其佩服他老板的地方，换作是他被个大美女这样盯着，恐怕要坐立难安了。

“戚董觉得怎么样？活动场馆我们已经现场勘测过，可以提供这次展出所需的 3D 技术。而且周边交通都很通畅，虽是新展馆，却值得开发。”

“企划书很详细，我这边 OK，但是原定说好的彩排。我会去现场观看，到时如果效果不满意的话，秦小姐，我丑话说在前，如果达不到芬永珠宝的要求，那就没有下次合作了。”戚雨牧说得风平浪静，一双深湛的黑眸望向秦可沁。

秦可沁被他看得心旌摇曳。

戚雨牧英俊非凡，可用美来形容，在自小学设计的秦可沁眼里，这个男人绝对是上天的杰作，那种恰到好处的流畅线条，配上他淡定的神韵，简直如她梦中的大卫。

“戚董，方才我送给你助理的请柬，请务必出席。”秦可沁笑得美丽自信，眼中带着期盼。

“我听方董提过，不过地点是……”戚雨牧沉吟着。

“W 市的落霞山庄，你一定会喜欢那里。”

W 市？戚雨牧本想拒绝的说辞停住，蓦地想起顾彩虹去的地方就是 W 市。

是的，他名义上的太太顾彩虹，出差之后，只给他发过一条简单的短信：我到了，一切安好。

除此之外，再无其他。

他甚至做了从不做的事，去偷翻她的朋友圈，也只看到一条她在海边拍摄的风景照。

戚雨牧觉得自己最近在对顾彩虹的态度上很不对劲。为何会越来越在意她的事？

可是一想到那晚所见的那个无论是神情还是脾性都截然陌生的“她”，他就无法放心下来。

这件事，他必须要弄清楚。

一定是因为这样，他才这么在意。

戚雨牧为自己找到了理由，俊美的脸上神情趋于平静。

于是秦可沁收到了让她欢喜的答案，他说他会去。

顾彩虹回到酒店在大堂见到盛安的时候，很是吃惊。被盛安请上车，看到坐在车里的戚雨牧时，她的眼睛都睁大了。

“你怎么来这里了？”

她的意外全都写在了脸上，莫名让戚雨牧想到一种名为兔子的小动物，这让他的神色里带上自己都不知道的淡淡笑意。

“出差，路过。”

男人的回答向来言简意赅。

顾彩虹渐渐找到真实的感觉：“那你……”

她想问他住在哪里，转而又想以他的身份自然是有人安排好住的地方了，这些都不需她操心，更不用说他会和她住在一起。

这个想法让她莫名有点脸红。

“哦……”一时间，她竟不知道该说什么。

他们两个的关系太尴尬了，一直以来他都表现得很讨厌她，他们没有约会过，也不曾心平气和地像一对正常夫妻那样做过什么。

所有的事情于她而言都是陌生的，邀请他吃晚餐？

她乱撞的心很快否决这个想法，他拒绝了怎么办？

“晚上我有公事。明天晚上你有空吗，和我一起吃晚饭？”戚雨牧又说出了顾彩虹不曾想到的惊人之语。

顾彩虹抬眼看他，就看到男人那张俊美分明的脸，他的眼睛很大很深，她非常喜欢那双眼睛，就好像要被吸进去。

她轻轻攥着手心，忽然觉得好遗憾：“明天晚上我有事，已经和我的客户说好了。”

突然，她好想爽约戚雅颂，因为她真的很想要跟戚雨牧出去，如果那是约会的话。

男人的表情好像僵了一下，顾彩虹瞧不出他的心情，可她拒绝他，总不是好事。她难免有一点儿心虚。

“我知道了。”

顾彩虹以为没有下文了，正尴尬地想找个借口下车，却又听见他说：“我住在蓝鲸酒店，你要和我一起回去吗？”

顾彩虹惊讶地抬头。

她的视线太清澈太意外，看得戚雨牧都有一丝狼狈，他多此一举地补充道：“如果你的客户允许，你觉得方便的话。”

顾彩虹倏然就那样笑起来，她甜美清新的笑容令他屏息了一下。

她为什么笑？是他刚才发问的样子很傻吗？

戚老板第一次陷入这种对自己莫名不自信的怀疑里。

“还是不了，毕竟我的工作还没完成，在这里的话，客户的要求也比较好合作。”顾彩虹虽然很想跟他回去，但理智还是战胜了情感，明天就是戚雅颂的重头戏，她想把自己的工作做好。

戚雨牧失望了，然而他面上是绝对不会显露出来的。

“那么，我回去了。”他侧过脸对顾彩虹示意了下。

顾彩虹还没等他再说什么，就飞快地下了车，轻快得就像只小兔子一样。

她这种太过自觉地远离，令戚雨牧呆滞了一下，再次自我怀疑，她是有多不想和他待在一起？

于是，当天载着老板返回蓝鲸酒店的盛安觉得，老板的心情好像瞬间变到了阴雨天，害他连开车都变得小心翼翼。

第二天，落霞山庄。

顾彩虹和戚雅颂坐在车里，车子已开到圆形的大花坛边，可以望见里面的金碧辉煌。

“我怎么样？”戚雅颂紧张地握住顾彩虹的手，要她再确认一下自己。

“别紧张，你很美，完美无瑕。”顾彩虹看着戚雅颂的样子，温声鼓励。

戚雅颂拿出自己粉盒最后看一眼：“彩虹，你的手真巧，我也觉得这是我这三年里最美的时候。”

顾彩虹被戚雅颂的话逗笑了，她和戚雅颂一起下车。

戚雅颂穿着金丝罗纹的烫金晚礼服，衬得她窈窕曼妙的身材像一条美人鱼一样。

而顾彩虹穿的是一条海蓝色的渐变长裙，这是戚雅颂为她准备的。

顾彩虹喜欢这条裙子，因为走路的时候，裙摆悠悠荡荡，就像深蓝的湖水一样，风吹过来，飘逸秀美。

两人进入宴会厅后，戚雅颂很快找到她此行的目标人物，顾彩虹看她提着裙摆翩然而去，而她自己打算去到自助餐台，找个安静的角落。

戚雨牧手持一杯香槟，他身边秦可沁口若悬河地恭维，已让他有几分不耐烦。

这是 GK 十周年庆，要不是因为合作公司，方董也一再盛情邀约，他还真不想来这种地方。

看着秦可沁没有分寸地越来越凑近，戚雨牧稍稍往后偏了一下身子。他不得不出声提醒：“秦小姐。”

“嗯？”秦可沁还露出妩媚勾人的眼神，仰起头看她。

戚雨牧不动声色地皱了眉，冷声道：“你有些失态，我结婚了。”

男人无情讲出的话语，绝对是打脸秦可沁，她呼吸一窒，甚至有些没有反应过来。

“请你保持一个工作友人应有的距离。”戚雨牧不介意再冷冷提醒。

秦可沁的脸红了之后又倏然变白，一时间红白两种颜色让她艳丽的脸有些可笑。

她还从未遇到过对她如此无礼的男人。怎么可能？不是说他不喜欢自己的太太，是被迫联姻吗？

结不结婚对秦可沁来说根本不重要，既然那个女人没能得到他的心，那么她对自己的魅力是十分有自信的。在这方面她还从未输过。

可现在，这个男人居然这样直接打脸。

顾彩虹看着餐台边厨师烹制的美食，雀跃地加快了脚步。这种晚宴，没有应酬的烦恼，还有美食可以吃，再好不过。

然而视线里，倏然闯入一个人。

男人坐在那里，望见她后，神情也同样露出惊讶，随即他挑了挑眉，兴味盎然地盯着她。

顾彩虹看见他对自己勾勾手，她心中怦然一跳，整了整自己的裙子，朝那边走过去。

秦可沁正处于下不来台觉得没面子的时候，忽然看到男人冲着前方勾了勾手。

戚雨牧嘴角微扬，神色里带了一丝不自觉的魅惑。秦可沁从未见过他的这一面，那份性感真是勾魂摄魄。

可他在看谁？

秦可沁顺着戚雨牧的视线转过头，看见一个窈窕清秀的女人朝这边走过来。

女人身穿一袭海蓝色的长裙晚礼服，一双修长的腿在裙摆下曼妙生姿，像湖水一样摇曳风情。

顾彩虹乖乖地走过来，心里、脑袋里一团空白，他怎么会在这里？

戚雨牧从头到脚打量她的视线，让她的心怦怦乱跳。

男人拍了拍他身旁的空位，启唇："坐这里。"

顾彩虹依言坐下，视线才落到面前那个艳丽高挑的女子身上。

这女子十分漂亮，长得有一点异域风情，一袭火红色的绚丽晚礼服，身材凹凸有致有料得让同性都脸红心跳。

这是谁？

就在她疑惑间，她听到面前的女子发问："雨牧，她是谁？"

"秦小姐，我们还没亲到可以互叫名字的地步。"戚雨牧淡淡地纠正，转而看向身边的顾彩虹，俊美的嘴角轻扬，"这是我太太。"

第八章

guan ta guo fen chong ni

他轻喃着她的名字，
只感到满满的心痛

“太太？”戚雨牧的声音让秦可沁瞬间失色，一双丽眸落到顾彩虹身上。

顾彩虹被她敌意酸涩的目光打量得有点不舒服，就感到戚雨牧的手在她腰间轻轻一搂，用一种温润亲昵的语气对她介绍：“彩虹，这位是秦小姐，我工作上的合作伙伴。”

秦可沁思绪几转，收敛失控的情绪，转而笑道：“原来是戚太太，百闻不如一见。既然戚太太也来了宴会，不如让我带你四处逛逛，今天是我们GK集团十周年，在外面也准备了很多惊喜给客人，落霞山庄是一个很有趣的地方。”

顾彩虹正想拒绝，就听到戚雨牧的声音：“不用。谢谢秦小姐的好意，彩虹会和我一起。既然不是工作时间，我很珍惜和太太相处的二人世界。”

戚雨牧的话仿佛在秦可沁的自尊心上给予最后一击，让她倏然间有种溃不成军的狼狈，她勉强维持着笑意：“那好，就不打扰你们两位了。”转身而去的每一步，高跟鞋都像是要在地面上砸出一个窟窿来。

顾彩虹莫名地看了这一场，心里的第一反应是戚雨牧在用她挡那些他不喜欢的花花草草？

可是他的语气未免过于亲昵，他的所作所为似乎也都在扮演着一个专心致志的好丈夫。

无论如何，顾彩虹心里都是很欢喜的。

她听到戚雨牧的声音：“出去走走吗？”

“好。”她欣然而答。

男人先站起身，对她伸出了手。

他的手修长优雅，骨节分明，牵住她的时候亦是温暖可靠，让她心生依恋。顾彩虹再一次觉得自己真的没救了，为这名唤戚雨牧的毒药十足沉溺。

落霞山庄坐落在山间，外面就是一个很大的半坡，可以眺望山下的风景。

山庄本身也装饰得如同观赏公园一般，廊檐长亭，曲径通幽，小桥瀑布，很有一番江南水乡的风情。

夜晚在这里散步，微风习习，星空点点，有种静谧的舒适的温柔。

“好……好巧呀，你也来这里。”顾彩虹想要找一点儿话聊，但她觉得自己讲得很窘，并不自然。

她一直觉得，自己和戚雨牧的距离很遥远，虽然最近这段时间两人关系有所缓和，但那还是如同云雾里不真实的感觉，让她并不能在他面前镇定自若。

“你的裙子是谁给你准备的？”男人略微喑哑的声音，在这夜色里听起来更为摄人。

“是我的客户，她……她是个女孩子。今天我是陪她一起来这宴会的。”顾彩虹还是决定向戚雨牧保密她的客户是戚雅颂这件事情。

她的解释似乎让戚雨牧满意了，他深湛的眼眸很柔和，而她最喜欢他这种不经意里流露出的温柔。

一时间她竟有些看痴了。

“为什么总是盯着我看？”他嘴角微扬，唇畔带着笑。

“我……”顾彩虹失语了，说出因为你好看这种话她觉得自己会显得太傻，只能轻咬着唇，想了想才说，“我读书的时候在书上看到过一句很喜欢的话。”

“什么？”戚雨牧因她忽然掉转的话题而有些好奇。

“他的笑眼，像温柔的暮霭，似山间淡淡云月。”她轻轻的声音像吟诗一般脱口而出。

她注视他的视线，让他心跳怦然，莫名为她这番话而心动神驰，她是在对自己说情话吗？

说完这句话的顾彩虹，脸烫得厉害。她忘记曾在哪里看过这句话，只觉得这一瞬特别契合戚雨牧，因为他在她眼里就是这样的。

一时有些屏息的气氛，在两人看到面前倏然开阔的一片景色后，被冲散了。

当他们越过小桥穿出帘洞后，跃然在面前的是一片波光粼粼的湖水，湖很大，而湖上灯光闪烁，竟停泊着几艘类似船只的透明“帐篷”。

顾彩虹也不知能不能用帐篷来形容，那物体更像是一艘艘小船，但造得别有情调，整个船身就像一只透明的帐篷，里面的装饰可以透过灯光看得非常清楚，是供人躺卧的毛毡。

显然，这些帐篷船是提供给客人们在湖上赏星的。

“要不要坐？”戚雨牧问顾彩虹。

顾彩虹的答案当然是好，她眼里闪烁的光芒，让戚雨牧看得出她极其喜欢这些帐篷船。

蓦地让他想到那晚喷泉边的她，她好像特别喜欢这些浪漫的小东西。

湖边守着一个员工，看到两人，便知他们要乘船。

“先生小姐请随我来这边。”

训练有素的员工引着他们上了一艘白色光耀的透明帐篷船，顾彩虹走进去，里面铺着一条羊毛毛毡，一方小小的日式案几上摆着一套茶具，里面空间很大，可供客人躺卧。

“等下先生跟小姐躺好之后，便可以开船，我们整个游览行程大概半小时，可以顺着莲花湖一路漂流看星空。”

“你说它还会漂流？”顾彩虹被员工的话打动。

“是呀，无人驾驶，透明舱会载着两位游览莲花湖一圈。”员工笑眯眯地回答她。

戚雨牧已经率先躺下来，顾彩虹随着他，躺在了另一边，为这新奇的体验感到不可思议。

仰躺在湖上，透明的天顶下的星空，分外迷人。

“这个真是太有心了。”顾彩虹忍不住赞叹。她是做设计的，对所有浪漫贴心的设计都有情怀，欣赏不已。

“哇，还有音乐。”

戚雨牧听着她雀跃欣喜的声音。她并未在他面前展露过这样的一面，这让他回想起她喝醉的那天，天真到如此热烈，灵动活泼。

“动了。”顾彩虹新奇的声音，就好像一个对什么都充满期待的孩子，令戚雨牧忍俊不禁。

透明的帐篷船随着湖水微微晃动地前行，一路而上，月夜星河，实在美矣。

“这音乐好棒，是古筝版的《繁花》。”他又听到妻子小小兴奋的声音，随即，她竟随着乐声曼声吟唱起来——

遇见你的眉眼，如清风明月，

在似曾相识的凡世间。

顾盼流连，如时光搁浅，是重逢亦如初见。

缠绵缱绻，有你的思念。

温暖在我掌心蔓延。

无涯荒野，谁忘了时间，一半青涩一半纯真。

戚雨牧觉得，这是他听过最美的歌声，温婉缱绻，丝丝入心。

她自己唱着唱着忍不住感叹：“真好听。”

戚雨牧知道她是在感叹那筝音的乐声，然而他在心里说，你的歌声更好听。

他不由自主地伸过手，轻轻覆住顾彩虹的手。

顾彩虹被男人倏然握住手，怦然心动的感觉瞬间让她轻轻悸动了一下。他温存的大手穿过她指尖，十指相扣，宛如最美妙的音符。

银河悠悠，琴声曼曼，这一刻竟是如此的美妙。她想她会永远记得，她爱他。

两人回到宴会厅，顾彩虹就看到朝她走过来的戚雅颂。

“彩虹，看不到你我还很着急，原来是被我堂哥拐跑了啊。”戚雅颂略有些得意地瞟了一眼戚雨牧。

哼哼，果然还是那张万年不变的冰山脸，就是在看到她的时候起了一闪而过的讶异也被他掩饰得很好。戚雅颂心中暗自好笑。

戚雨牧不动声色地陪了两位女士整晚，直到晚宴结束。宾客被招待在落霞山庄休息，顾彩虹回到房间冲澡。

戚雅颂早从戚雨牧的眼神里得到信号，她关上和顾彩虹套间的房门，乘着电梯去到了楼下的酒吧。

钢琴吧里，戚雨牧正坐在那里，调酒师为他调制了一杯淡味的琴汤尼，他慢悠悠地品着，看着戚雅颂在自己身边坐下。

“我要一杯血腥玛丽。”戚雅颂很爽快地对调酒师说。

“戚雨牧，你是不是有很多话要问我？”

“我不知道你回国了。”戚雨牧抿了口酒，淡声道。

“喔，就半年而已，和国内的话剧团签了演出合同。”

“你别捉弄彩虹。”戚雨牧定定的视线落在她脸上，“我知道你对戚家不满，但彩虹不是你的玩具。”

“戚雨牧，你未免太看低我了吧！你以为我会对你老婆做什么？就算我恨戚家，还不至于拿她出气。”戚雅颂对他翻个白眼。

“在你身上的巧合只可能是别有用心。”戚雨牧笃定地回了她一句。

“喔，真不知彩虹怎么受得了你这个单调毫无想象力的男人。这世界的美妙之处，就在于很多事情有着无法诉说的机缘。我与彩虹遇到，会找她来做我的化妆师，还真不是你想的那样。”

“化妆师？”戚雨牧剑眉微蹙，挑眉看向戚雅颂。

“看吧，你果然连你老婆做兼职的事都不知道。”

戚雨牧握杯的手停滞了一下，转头看她，在等她的下文。

“我这边的工作是她的兼职，我刚好需要一位特别好的造型化妆师，在朋友的介绍下请了彩虹，是她老板帮忙的。按照她老板的话，就是她需要用钱，所以才在工作之外又增加了这份兼职。我没有问过彩虹为什么需要兼职，这是她的私事，要问也是你的事。”戚雅颂笑笑地转着酒杯，“不过，身为戚家的儿媳妇，你戚雨牧的妻子，堂堂芬永珠宝的董事长夫人，居然因为缺钱需要做兼职，这事若传出去怎么都会成为笑柄和让人不解吧？”

戚雨牧因她的话微微挑眉。

戚雅颂冷笑一声："这事你最好快点解决，如果传到你母亲耳里，我们戚家最不好惹的大夫人沈芳女士，我看彩虹不会有好日子过。

"戚雨牧，你行不行啊，怎么就对彩虹的事一无所知呢？听说你们是商业联姻，你不会只把你老婆娶回家当一个摆设吧，她的事你什么都不关心？"

戚雅颂狡黠地看着他，故意句句刺激他，说的都是他不喜的话。

他冷冷地看她："与你无关。"

"哦，是与我无关咯。反正最多也就是一张离婚证书的事，我说得对不对？"戚雅颂轻笑一声。

"闭嘴。"

戚雨牧这两个字让戚雅颂笑得更加肆无忌惮："哈哈，戚雨牧，我还不知道有一天会从你嘴巴里听到这两个字。哎哟，看来触到你逆鳞了，你很听不得离婚这两个字？那就是说你对彩虹是认真的？"

戚雨牧已经不想听她任何的废话，站起身，扔下一句："爷爷惦记着你，下礼拜就滚回去看看他。叔叔的坟冢他迁了地方，你不要和他吵架，好好说话，有事的话，可以给我打电话。"

戚雅颂听着他的这几句交代，收敛了顽皮挑衅的神情，沉默了一下，只点了点头。

坐上飞机飞回江城的时候，顾彩虹的心绪仍起伏难平，只因为在酒店门口，戚雨牧那突如其来的一抱。

他的公事还没有处理完，所以还要留在W市，然而他问了顾彩虹回江城的时间，特意在早上等在酒店门口，说已经安排了车送她们去机场。

他的怀抱很暖，修长有力的手抓着她，就那样让她靠上他的胸口。怦然心动的感觉不受控制，她只觉得自己连面颊都红透了。

她心中欢喜甜蜜，觉得也许并不是自己想多了，戚雨牧似乎真的开始以她的丈夫自居，认真对待这段婚姻了。

是以在飞机上被戚雅颂调侃，顾彩虹都魂不守舍，丝丝甘甜像花蜜一样，渗满了心间。

她不知道的是，就在她满心欢喜地开启回程的飞行，而同一时间，戚雨牧坐在酒店房间里，听着盛安的总结报告。

“你是说童瑞尔现在是顾欢妤的男友？”

“是，他们交往已有三年。童瑞尔毕业于复信医科大学，今年是在中海医院精神科任职的第六年，现在担任副主任医生的职位。他擅长的领域是分离性心理障碍。”

“分离性心理障碍？”戚雨牧轻声重复，只觉一颗心更加沉重，“那么关于彩虹……”

盛安神情凝重，想到他这些天埋头动用所有力量调查到的事情，他感到很难过，谁能料到看上去温婉清秀的顾小姐，竟曾患过精神疾病。

“她曾在中海医院秘密治疗过两年，那个时候她尚未满二十岁。是顾之乔亲自带她去找的专家秦放，恰好是童瑞尔的老师。这件事顾之乔极力保密，就连顾小姐的妹妹顾欢好都不知道。那个时候顾欢好刚好在国外念书。”

“你是说她很早就发病了？”戚雨牧心中一颤。

“是的，根据私家侦探的调查结果，顾小姐第一次发病是在十六岁。”盛安眉头紧锁，声音亦是沉重。

“她怎么会……”

“周宇翔说他能调查到的有限，但是跟顾小姐的成长环境脱不了关系。顾之乔很早就背叛了婚姻，在外面有另一个家庭。他与许惠琳离婚很早，顾小姐一直和母亲相依为命。这中间的曲折艰辛，从找到的顾家老保姆那里能探到的不多，但大多数回忆起来，说是顾小姐和继母赵霜的关系很不好，赵霜曾打过她。”

听到这里，戚雨牧的心脏蓦地一抽。

“顾小姐读书时就半工半读，在咖啡馆兼职了很长时间。这样看来，顾之乔并没有担负她们母女所有的赡养费。对了，戚董你提及的那张卡，周先生调查了用途去处，顾小姐是转给了三甲医院中海医院。是付款透析费的。”

“透析？”

“对，许惠琳有严重的肾病，每个月都有一笔可观的透析支出和医药费。原本一直是顾之乔在支付，可是上个月开始忽然由顾小姐来支付了。”

“她的信用状况？”

“顾小姐的信用状况良好,无任何欠贷,她的银行账户也只有两个,很简单。”

戚雨牧听盛安全部报告完毕，心里涌起惊涛骇浪。

他感觉有一只手似乎重重拽着他的心脏，紧绷到难以呼吸。

这是他从未有过的感受。

一瞬间，他觉得自己很浑蛋。

带着对一个女人的深重误会进入一场不心甘情愿的婚姻，他就这样对她不管不顾，他之前获得的所有信息都是谎言。

那些顾之乔说过的话，他母亲沈芳在他面前对顾彩虹的编派，长久以来，他都像个傻子一样照单全收。

就因为她临时改口结婚而触怒他，让他感到被陷害被背叛，他竟带着这样心盲眼瞎的偏执，去对待她。

此时此刻，戚雨牧忽然想到婚后种种，顾彩虹的各种样子都像胶片一样闪过他脑海。

她的着装总是很朴素，虽然他从不对女人的穿着上心，可此刻回忆起来，那些重复的衣物都变得分外清晰起来。

她是那么擅长家务，他看到过她打扫整理的样子，每个动作都熟稔至极，就仿佛她习惯了这样。

他说起陈嫂被辞退时候的恼意，直到这一刻，她那时惊讶茫然的样子才清晰地映在眼前。

她不知情!

听闻母亲的一面之词后，他就指责了她。

一定一定，还有许多这样不解的误会，让他在好多地方都伤害了她。

戚雨牧只觉自己的心情糟糕至极，外面晴空万里，而他的内心，就像下起一场漫无边际的大雨。

“顾彩虹……”

他轻喃着她的名字，只感到满满的心痛。

回到家，顾彩虹雀跃的心情还没得到一点儿释放的空间，就接到沈芳的电话。

“这个周六是什么日子你知道吗？”

沈芳冷冰冰的声音，就好像让她从空中降落下来。

“妈，我知道，是您的生日。”顾彩虹不想给自己找麻烦，只希望能快点应付完她。

“寿宴的同时我还要举办慈善活动，所以你准备充分，资料我会让秘书发给你。我希望你从谈吐到着装都得体，不要来丢我的脸，否则可别怪我翻脸不认人。”

“好的，我知道了。”顾彩虹一边回应她，一边却有些反感。她感觉自己的头又痛了，好像又听到有一个声音在对她冷笑，无情地嘲笑她：这么软弱，这么没用，为何不反抗沈芳？

她握着手机的手有些发抖，感觉手心都是汗，她太不喜欢这种感觉了。也不等沈芳再说什么，她倏然挂断了电话，并且快速将手机关机。

这一系列的操作一气呵成后，顾彩虹扔了手机，急急地喘气起来。她捂着自己的头，想要拼命把那个刺耳的声音甩出脑海。

她微弱地求救："不，你不要出来！我求你，不要出来！"

第九章

guai ta guo fen chong ai

没用的东西，最后还是要靠我出来帮你

第二天，顾彩虹顶着黑眼圈去上班。

“彩虹，你今天是化了烟熏妆吗？”工作室的同事笑着调侃。

顾彩虹只能勉强跟着笑。

很显然昨天晚上她并没睡好，她有些不敢睡，害怕自己睡着之后事情会变得不可控，在她没意识的时候，那个“她”会不会出来做什么？

接到戚雨牧电话的时候，顾彩虹正准备收拾东西回家。

“下班了？”

男人轻沉的声音，莫名疏解了她有些绷紧的情绪。

“嗯，准备回去。”

“我这边的工作要到周六才能回来，周六是妈的寿宴。”

提到这个，顾彩虹心里又像压了块石头。

她已经收到沈芳的助理发过来的材料。说实话，她真的很不想去，不仅要在装扮上发愁，还要熟悉当晚沈芳慈善活动的内容，对她来说太累了。

“周五你去雅枫拿礼服，你不用操心，我会替你准备好，这样妈妈就不会说你什么了。”

戚雨牧破天荒的举动，让顾彩虹如获大赦。

“谢谢你。”顾彩虹不禁脱口而出。

孰料，男人怔了怔，说：“彩虹，我是你的丈夫。”

戚雨牧优雅沉稳的声音，让顾彩虹的心触电一般颤了一下。

她不知该怎么回应他，却听他又说：“你可以多依赖我一些。”

周五下午两点，顾彩虹到雅枫去拿她的礼服。

因为上次跟戚雨牧来过一次，她进门后开始寻找唯一认识的萨米的身影。

柜台边站着一个陌生的女孩，白色得体的工作套装，面容秀美。别于一般店里的店员，这个女孩子看上去气场很冷。

顾彩虹走到她面前，对她微笑了一下，但对方并没有报以同样的微笑，依旧冷若冰霜的一张脸。

顾彩虹暗想这样的服务也可以吗？还是因为雅枫的大名，所以它的店员独树一帜？

“你好，我是来取礼服的。请问萨米在吗？”顾彩虹依旧礼貌地搭话。

“萨米姐从前天开始就到东京公干了，你找她有什么事？”

“是这样的，我先生戚雨牧在这里订了礼服，让我这个时间过来取。”

那女店员听完之后，狐疑地看了顾彩虹一眼，随即视线有些转冷：“刚刚林小姐过来把礼服取走了，我接到的指示里只有一套礼服，而礼服是林小姐的。”

顾彩虹因对方的话有些愕然，也有些难堪，因为对方看她的目光，就好像她是恬不知耻来偷礼服的。

她镇定了几分心神，声音变冷：“请你再确认一下，我可以现在就打电话给戚雨牧。”

岂料那女店员听到她的话反而冷笑了一下：“可以，请你现在就打给戚先生，我们确认一下。礼服只有一件，林小姐已经取走。我不觉得有弄错什么，过去戚先生一直在这里订衣服给林小姐，倒是你，我第一次见，你说自己是戚太太，能否也请你证实一下？”

她的语气让顾彩虹很不舒服，顾彩虹咬唇找出手机，拨打戚雨牧的电话。

她盼着戚雨牧快接，但好巧不巧，拨打过去居然传来“您拨打的用户已关机”的回应。

那冷面的女店员看顾彩虹的神色，似乎更加肯定了她在骗人，连眼神里都露出几分轻蔑来：“怎么，戚先生的电话打不通？”

顾彩虹心念数转之下，戚雨牧联系不到，如果她打电话给沈芳，让对方来证实自己的身份，无疑只有给自己找更多麻烦。而盛安的电话，她偏偏没有存在手机里。她记得盛安给过她一张名片，那张名片恰好不在她现在背的包里。

或许可以找戚雅颂？顾彩虹盯着手机上雅颂的电话号码思索了几秒，觉得自己并不想让她知道这样的事。且不说这店员认不认识戚雅颂，就算戚雅颂来了，可能最后也会搞到让沈芳知晓，这就不必了。

一瞬间竟连要证明自己是戚太太都如此艰难，真是荒唐又可笑。

顾彩虹深吸一口气，挺直背脊，看着那个女店员：“希望你清楚自己所从事的是服务业，以你这种态度，不论在雅枫或是任何地方，都不会让客人感到舒服。”

那女店员一副充耳不闻的样子，只轻轻一笑：“那不好意思了，我是按照指令做事。我接手的时候，就被交代了那件礼服是给林小姐的。也不知道你是哪里冒出的‘戚太太’。”

女店员上下打量顾彩虹，她绝对不会相信这个全身上下毫无品位可言的女人是戚太太。

戚雨牧是芬永珠宝的董事长，身为一名董事长夫人，应该是高贵的，而这个女人身上穿着过了都不知几季的衣服，甚至还漏毛边了。

女店员薛琪接到的指示里，戚雨牧确实定制了一条晚礼服给他今天晚宴的女伴。

戚雨牧和林翎的关系雅枫无人不知无人不晓，且林翎也一直是这里的老主顾。

所以林翎来取礼服的时候，薛琪热情地接待了她。薛琪对林翎有种莫名的崇拜，就觉得对方浑身上下都是她想要成为的完美样子。

她刚欢欢喜喜地送走林翎，得到两张江城大舞台芭蕾舞剧的 VIP

门票，正想着要约男朋友去体会一下高雅艺术，这个不知道从哪个犄角旮旯里冒出来的“戚夫人”就找上门了。

让对方联系戚雨牧的时候,薛琪还留有几分余地,虽然觉得不可能,但万一有什么意外的话，她也好找个由头。

但看对方根本联系不到戚雨牧，薛琪心中就肯定了，这女人是个冒牌货。

她在这行也算干了好些年头，眼神很毒，对那个阶层的名媛淑女一看一个准，而这个自称“戚夫人”的女人，她半点都看不出。

多半是不知哪里贴上来的不入流的网红，估计人家戚董逢场作戏了一下而已，这女的竟然当真了，还来雅枫撒泼。

薛琪理清楚思路，心里越发鄙视。

这时候风铃轻响，自动门开启，薛琪一看是她熟识的地产大亨王金声的夫人和女儿，急忙热情地迎了过去：“王太太，王小姐，好久不见。”

顾彩虹看女店员如画皮一样的变脸，自叹弗如，连方才被她冒犯而生的气都觉得不必了。

顾彩虹不再看他们，径直离开了雅枫。

“那是谁？”王太太有些好奇地多打量了一眼。

“不是什么重要的人，上不了台面来自抬身价的。”薛琪轻笑一声，轻蔑不在意的口吻。

“可我觉得有几分眼熟，好像在什么地方见过。”

王太太的这句话，让薛琪心里“咯噔”了一下。

慈善活动的时间定在晚上七点半，可沈芳要顾彩虹六点就到。

顾彩虹通过工作室的同事，借到了一条还算贵重的礼服，又在摄影工作室的朋友帮忙下，做了造型妆容，刚刚好踩点在沈芳要求她到的时间赶到戚家祖屋。

顾彩虹不得不去沈芳那间的晨厅见她，谁料刚一进晨厅，就看到一个明艳的身影坐在那儿，和沈芳相谈甚欢。

算是冤家见面吗？

顾彩虹打量林翎。若是往常，她不会如此明目张胆地观察林翎，可今天她实在是很好奇，林翎从她那里抢走的那件晚礼服究竟是什么样子的。

她不认为是戚雨牧欺骗她，戚雨牧没必要这么做，那么只可能是林翎在其中动了手脚。

想到这里，顾彩虹莫名想到戚雅颂很响亮的那句“我可是鉴婊达人，那个‘绿茶’”。

以前她可能还会人道地想这样说一个女孩子有几分不礼貌，现在重新观察林翎，还真像是撕破了对方美丽的画皮，发现内里是让人作呕的存在。

不过，顾彩虹的眼神依旧是很“友善”的，只是不避开。

“你在看什么？”林翎也不知是因为心虚还是什么，被顾彩虹看得有几分不舒服。

顾彩虹轻轻一笑："没什么，就觉得林小姐这件晚礼服很漂亮。"

林翎身上的晚礼服是采用多重晕染的渐变色系，幻化出七彩晚霞的颜色，像极了落日时分被晕染的湖畔天空。裙身波光粼粼，风姿迤逦，高腰的设计颇有十八世纪的淑女风，而裙摆的流畅线条，让整个设计明艳生动。

他给她准备的，是她喜欢的款式。

顾彩虹一看到这件晚礼服，便能想到那个他们一起看晚霞星河的夜晚，心中不禁暗含甜蜜。

可能她打量的神色过于诡异了，连沈芳都有些诧异。沈芳皱了皱眉："让你六点到，你还真是准备到最后一秒。"

沈芳严苛地把顾彩虹从头打量到脚，确认了她这件礼服是D家新季的代表作品，才没有出声发难。

所幸顾彩虹弄来了一条不寒酸的裙子。

她的晚礼服是紫色的，薰衣草田园设计的理念，抹胸部分设计成花卉的模样，裙摆紫色中照着多层透明欧根纱，看起来优雅飘逸又仙气袅袅。

林翎看得有几分恼火，这个女人居然在这么短的时间内就弄到D家这款晚礼服，本意想看她出丑，未料没有称心如意。

也不知这顾彩虹从哪里弄到的，她明明跟她熟识的几家造型室都打过招呼，让他们不要为顾彩虹服务。

顾彩虹看出林翎眼中的懊恼与不爽，对林翎的评价又低了几分。

看来林翎真的不怎么善良，想到戚雨牧也曾被她蒙骗，爱过这样的女人，顾彩虹忽然觉得，戚雨牧也不是那么完美的神话了。

“可男人呢，好像偏偏非常喜欢这一型的。我没见过有几个男人能抵抗住，你说可不可笑？”

戚雅颂说过的话忽然又像魔音穿脑一样在顾彩虹脑海里回响，她一个没忍住，竟轻笑出来。

顾彩虹这样一笑，让沈芳跟林翎两个女人同时不爽。

“你在笑什么，疯疯癫癫的。”沈芳忍不住轻斥。

这句话让顾彩虹心生反感，心中有股剧烈的情绪仿佛要澎湃而出，太阳穴的刺痛又倏然而至。

糟了，不妙。

顾彩虹隐隐感觉到有什么想要挣扎而出，一时间血色从脸上褪去。

或许她的神色变化太明显，沈芳还以为她是被自己骂了之后收敛了，这才有几分气顺地盯了她一眼。

“你和林翎都跟我出来，先到会场准备等下的剪彩活动。”

“妈，我觉得有点头痛，我想要去休息一下。”顾彩虹害怕事情会发展到自己不可控的地步，只能找个借口离开。

显然，沈芳很不满意：“怎么，交代你一点点事情，就要找借口偷懒？”

顾彩虹被她这句话一刺激，那股刺痛自太阳穴直冲脑际，糟糕，她要控制不住自己了。

顾彩虹身子晃荡了一下，沈芳正有些吃惊地看着她，以为她要玩什么花样，却听到她一声冷笑：

“你也说了是一点事情，你身边不是有个可人儿什么都会吗？我看你们俩相处得那么好，这种时候你怎么就想不到交代她来做呢？”

“你在说什么？”沈芳满心怒火，她居然敢这么对自己说话？

岂料顾彩虹丝毫不畏惧她。

沈芳盯着顾彩虹，顾彩虹也在看着沈芳。

顾彩虹的眼睛黑而明亮，有种与往日不同的强烈气场，强到让沈芳一时竟有些无从开口。

顾彩虹嘴角微勾，又冷冷瞥了林翎一眼：“林小姐不是很想来取而代之吗？那这件事交给她，让母亲您看看她的能力。”

林翎也被顾彩虹如此直白的话说得下不来台，她内心的想法被揭露，让她有些恼怒。

“顾彩虹，你有没有礼貌？知不知道伯母是你的婆婆？”林翎作势去扶沈芳，一副义正词严的模样。

顾彩虹轻轻一撩头发，甩给林翎一个无聊的眼神，她微微一笑：“大家都别演戏了，你们不累吗？现在我要去休息了。我只是嫁给你儿子，又不是你们戚家的劳工。你最好搞搞清楚，因为许惠琳的关系，苛待她的女儿，这话传出去了，你沈芳的名声也不会好听到哪里去。

你说是不是？”

沈芳真的被顾彩虹吓到了，她就是做梦都想不到顾彩虹敢说出这样一番话来。

“你、你……”一时间，沈芳竟气到发抖。

顾彩虹转而又看向林翎：“还有你，绿茶，装什么样子呢？你那点心思也只能骗骗那些愚蠢的男人。你们两个女人倒是同一种人，难怪这么臭味相投。你要戚雨牧，随便，我不稀罕，毕竟我不能拦着别人一颗热切的心去做小三或者小四。你说对吗？”

顾彩虹冷冷一笑，幽眸中闪过冷蔑到极点的张狂：“不过你们两个搞清楚，别用那些龌龊心思来妨碍我。”她又看向沈芳，“有本事，让你儿子马上和我离婚。”

沈芳气得说不出话。

林翎简直想尖叫：“顾彩虹！”她从未想到有一天，会被一个女人这样无情地奚落，这让她感到被羞辱冒犯的同时，还有种无地自容的挫败。

这个女人在狂什么？就因为她现在是名正言顺的戚太太？

林翎紧握双手，戚雨牧曾经是她的！过去他只属于她一个人！顾彩虹算什么东西？现在她居然要被顾彩虹这样说。

她的骄傲容不得这样的怠慢。

顾彩虹都懒得再理这两个让人作呕的女人，她潇洒地转身，婷婷袅袅地走出了晨厅。

长廊里空无一人，如果有人经过这里，会看到很诡异的一幕——那位年轻的戚太太脸上的表情是那样冷酷轻蔑，正在自言自语：“没用的东西，最后还是要靠我出来帮你。成天受这老太婆欺负，都让她爬到你头上了。顾彩虹，这样的日子你很喜欢是不是？你还是永远别醒过来了，放心吧，我会替你好好生活的。”

戚雨牧下了飞机就赶回戚家祖屋。

岂料刚进屋就看到母亲，她一脸郁气，身边还站着林翎。

然后他便发现了一个问题，林翎身上的那件晚礼服是怎么回事？

戚雨牧微眯了眼，视线倏然冷了几分。

林翎没有注意到他这些细微的变化，她现在急着要告状顾彩虹方才的无理。他一来，就好像拉开了她心里盘算的这场戏的大幕。

“雨牧，你回来了，你不知道，刚才顾彩虹对伯母有多无理，你看看伯母被她气的。”林翎做出十足的温婉和被吓到的模样，一边还安抚沈芳。

戚雨牧听见这话心中微微一沉，转而看母亲：“发生了什么事？”

“我要她给我道歉，你把她叫过来！”

沈芳在林翎的言语刺激下，心里的不忿更加放大，她觉得自己被顾彩虹冒犯了，许惠琳那个贱人的女儿，这样让她下不来台，这是她绝对不能容忍的事。

“顾彩虹对伯母说了好多不好的话，伯母叫她做一点事情，她不肯，还说伯母整天搞事。这是对待婆婆该有的态度吗？”林翎声音温软，好似在替沈芳委屈。

“她……她还连我也骂了。雨牧，她一定是误会我和你以前的事，可是她也不能这样说我啊，我又做错了什么。”林翎说着说着眼眶都红了。她一半演戏，一半也是因为想起方才顾彩虹骂她那般犀利戳心的言语，着实意难平。

“你不该骂吗？”

戚雨牧清冷平稳的反问忽然响起的时候，连沈芳都震惊了，她抬头看向他，以为自己听错了。

戚雨牧淡淡地看着林翎，而林翎面上血色尽失，本来蓄在眼眶里的泪真实地滴落下来。

“雨牧……”

林翎咬着唇，仿佛不敢相信他会说出这样的话。

“你身上的晚礼服，是我给我妻子为今天的晚宴而定制的，我就不问为何会落在你手里，你还把它穿在身上了。”

戚雨牧淡声道。

“至于母亲，我替彩虹跟你道歉，她有时会因为失眠而情绪失控反常，希望你谅解。”

“我看她是疯了！”见儿子维护顾彩虹，沈芳心里极度不是滋味，不过，晚礼服又是怎么回事？看来她有必要把事情弄弄清楚，免得无意中当了别人的靶子，以免和儿子产生嫌隙。

闻言，戚雨牧一惊，心中警铃大作的同时，感到一阵忧虑。

他脑海中飞快地转了转，镇定地对沈芳说：“我去看看她，母亲，刚才的事还请您别放在心上。”

戚雨牧最后在自己的房间里找到了顾彩虹。

虽然他做了心理建设，但面前的那个人，还是让他心头大震。

她不是顾彩虹了。

不，她是顾彩虹。

因为她们原本就是一个人。

只是此刻的顾彩虹是让人陌生的。

她坐在他最爱的那张落地窗前的沙发椅上，手里举着一杯红酒，似乎很惬意地品酒赏夜景。

他的出现，也没能让她有什么神色波动，她只静静地、冷冷地望了他一眼。

“彩虹在哪里？”戚雨牧声音喑哑。

她放肆大笑：“顾彩虹吗？你不觉得她懦弱得不配存在于这个世上吗？”

戚雨牧镇定心神，没有退缩地看着她：“你不是她，你不能剥夺她的意志。”

“我知道你是谁。”顾彩虹轻嗤一声，冷冷一笑，斜眼看他，“你不过是她名义上的丈夫，其实你们两个根本没有感情。被迫结婚，你对她一直很冷淡，也不闻不问。她是个傻子，只敢偷偷暗恋你。我没见过比她更不堪更无聊的存在了。”

听到她说彩虹暗恋自己，戚雨牧心中掀起的涟漪只有自己知道，他感到一种被击中的疼痛，又似乎被缱绻地缠绕，那样丝丝扣扣，让心脏难受的同时又感到某种甜蜜，原来她真的是喜欢自己的。

这个顾彩虹却很犀利，眼睛盯着他，观察着他的神色。她冷笑道：“你在得意什么？她喜欢你又怎么样？只有她这样的傻子，才会喜欢你这种精明冷酷的男人。

“见到我，你毫不吃惊，可真够沉得住气。那天晚上，你就已经看出我不是她了对不对？”

“你要怎样才肯把身体还给她？”戚雨牧放缓了声音，尽量温和地问她。

“我不还，你又能怎样？”顾彩虹轻笑起来，“我可受够了她被那老女人欺负的事了。还有那对狗男女，那个贱女人……”

顾彩虹像是想到了什么，脸上忽然罩上一层寒霜，神情沉郁无比。

贱女人是谁？

戚雨牧心念一转，尝试着问：“你很讨厌林翎？你不要误会，我和她……”

她轻蔑地冷哼：“林翎又算什么东西。”

很好，那么贱女人不是指林翎了。聪明的戚雨牧，自然想到了顾彩虹的父母和她的成长环境。

看来他有必要马上见见那位医生了。

不过现在的情况，他必须要处理好。

除了他以外，不能让别人看出顾彩虹的不对劲。他想要保护她，保护她最深的秘密。

第十章

guai ta yao fen chong ai

我可不是那个只会
给人欺负到
哭鼻子的傻瓜

“顾彩虹，你要和我合作。”戚雨牧轻声说道。

“凭什么？”顾彩虹斜睨他一眼，满脸的不信任。

戚雨牧暗想，这个人格果然是不好对付的。

“是为你好。”戚雨牧直抓重点，“在戚家，至少大家所熟悉的你，不是这个样子的。如果你一再出状况，破绽太大，你所讨厌的那些人，我想她们应该很乐意把你送到某处关起来。”

他没有明说某处是哪里，是怕刺激到她，他毕竟不是医生，不过，他相信她听得懂。

果然，顾彩虹脸色变了。

戚雨牧深吸一口气走近她一步：“除了我，没人知道你的状况，你放心，我并不想把你关起来。”

“戚雨牧，你很狡猾，也很危险。”

戚雨牧未想到她对自己的评价会是这样的，心中苦笑。

她又说：“你们这些渣男最会话术，满嘴花言巧语，不过一个骗字。你和顾之乔，都是典型。”

居然拿他和顾之乔做对比，看来这个人格的顾彩虹对他没半点好感。

“总之我说的话是为你好，你可以仔细想一下。其实和我合作不难，第一步，你只需配合我安全度过这个晚宴。我觉得你可以做到。”

“合作可以，不过我丑话说在前头。我不去招惹别人，若别人来招惹我，也别怪我不客气，我可不是那个包子。”她不客气地说道。

戚雨牧看着这样的顾彩虹，感觉也不是那么差。

“那么，戚太太，现在你可以陪我出去了。”戚雨牧伸出胳膊，示意她挽住他。

顾彩虹穿了一袭薰衣草紫的晚礼服，低胸的设计，胸前如同开了一片花田，穿着美是美，不过她裸露在外的白皙肌肤，让戚雨牧微微别扭，他发觉自己不喜欢这件较为暴露的礼服。

只是更换也来不及了，而现在的她大概也不肯乖乖听他的。

戚雨牧片刻之间已思虑几番。

顾彩虹盯着他的眼睛：“戚雨牧，你眼珠转得很快，该不会在想什么坏主意吧？”

还真是天地良心，戚雨牧被她说得稍稍一窒，她防备心也太深了，如此机敏却又如此缺乏安全感。

这样草木皆兵的顾彩虹，让他微微心疼。

他沉住气，温言道：“抱歉，我时常有这种走神的习惯。你放心，我绝无坏心。顾彩虹，我希望你记住一点，你和我，我们是在一条船上，即便船沉了，我还是会带着你一起游泳，把手伸给你。”

“哼，花言巧语。”她显然并不信任他，但没有表示出更深的敌意。

戚雨牧也聪明地不再去刺激她。

戚雨牧携同顾彩虹出现的时候，引起了宾客的注目。

一是这位小戚太太，自嫁入戚家以来，很少出现在公众场合，二是他们夫妻同时出现的次数，实在不多。

见到芬永珠宝的董事长戚雨牧，以及他的太太，不少人上前寒暄。戚雨牧一一同顾彩虹介绍，其实内心有些担忧，好在顾彩虹表现得游刃有余，并没有任何不妥。

戚雨牧看着她。

这个人格的顾彩虹气质里带了三分冷艳，七分傲慢，对谁都是这种态度，有种叛逆少年与世界为敌的气势。

他心底有些忍俊不禁，觉得她这样也蛮可爱。

他熟悉的那个顾彩虹温婉娴静，而这个人格的顾彩虹潇洒肆意。

他熟悉的那个顾彩虹虽不卑不亢，不会在别人的恶意前胆怯，但多数时候她是不愿出头的。而这个人格的顾彩虹则完全不同，她以一种嚣张睥睨的姿态面对众人，从没想过要藏起一丝一毫的锋芒。

“你做得很好。”戚雨牧暗中给予她鼓励。自从他动用关系查了顾彩虹的过去后，又回想起两人往日的相处，他发觉自己对顾彩虹的了解深了很多。

他总觉得，她内心受过伤，或许比别人更渴望认同，而他不吝啬给予她这种鼓励跟认同。

顾彩虹挽着他手臂的手微微一僵，随即冷嗤一声：“我可不是那个只会被人欺负到哭鼻子的傻瓜。”

很显然，这个傻瓜指的是目前被她剥夺意志的“彩虹”。

看来顾彩虹的两个人格，互相并不认同。

戚雨牧被几位合作的长辈拉走，在走之前，他低声对顾彩虹说了一句：“有事就叫我。”

他的语气过分温柔了，让顾彩虹心里有种怪怪的感觉。

她不喜欢被一个人这样亲昵地对待。她皱了皱眉，刚想要说些什么，男人却不给她机会，已经翩然走远。

望着他修长的背影，她心跳的节奏莫名乱了几拍。她狠狠一甩头，恶狠狠地小声道：“你别来干扰我。”

她想自己一定是被那个十分喜欢戚雨牧的顾彩虹影响了。

男人都是毒物，这一点她从小就看得非常透彻了。她不会相信任何人。

顾彩虹把视线收回来，蓦地，看到了另一个人，随即微眯了眼，冷笑一声：“花孔雀过来了。”

看到林翎向自己走过来，顾彩虹嘴角微弯，露出一丝哂笑。

林翎方才一直在看戚雨牧和顾彩虹，见他们手挽手出现在宴会场，见戚雨牧把顾彩虹介绍给客人，见戚雨牧带着顾彩虹与他人寒暄，见他人用惊艳的目光看着顾彩虹，赞美顾彩虹，她心口如被蚁噬，只觉一口气上不来。

现在，出气的机会来了。

顾彩虹落了单，只要她逮住顾彩虹，今夜所遭受的种种恶气，都可以宣泄了。

林翎不动声色地从侍者的托盘里取了一杯香槟，作势要友好地跟顾彩虹碰杯。

结果顾彩虹举杯不动，看她表演。

林翎未想到顾彩虹连碰杯的面子都不给自己，暗暗咬牙，面上却不显露地把碰杯的动作完成。

她抿了口酒，轻笑说："顾彩虹，你方才骂了我，现在不打算跟我道歉吗？"

"道歉？我有哪一句说错了？"顾彩虹秀眉微挑，没有一丝退却，反而有某种幸灾乐祸的嘲弄。

林翎胸口一窒："你……你真是毫无教养，有哪个大家闺秀像你这样讲话？"

顾彩虹笑起来："哦，我只是没你这么虚伪，想要什么又不敢说。你想要旧梦重温，又想用冠冕堂皇的理由来装点自己，我都替你累啊。我就勉为其难地再说一句，其实我无所谓，你如果能勾引到戚雨牧对你旧爱重燃，那我就祝你们天长地久。"

"你……"林翎被她奚落得脸色雪白，手指一颤，一个没忍住将自己手中的香槟尽数倒在顾彩虹身上。

下一秒,顾彩虹也不管不顾地将手中的香槟回敬给她,倒了她一身。

倏然被冷酒浇到，没回过神的林翎发出一声尖叫。她没能忍住，不像顾彩虹被酒浇到时那样不动声色。

想她一个千金大小姐，从小被捧在手心长大，何曾受过这种羞辱。

顾彩虹的礼服是深紫色，被淋了酒也不见狼狈，而林翎就不同了。林翎从顾彩虹手上抢到的礼服，被浇了香槟之后，浅色部分已经变得透明，贴着她身体，显得很不雅。

林翎气急败坏，伸出手就一巴掌往顾彩虹脸上甩，却被顾彩虹一只手紧紧抓着。

林翎发觉这个女人连力气都大得可怕，为什么，为什么顾彩虹这么可怕野蛮?

林翎双目发红，做楚楚可怜状。因为她察觉到周围的视线被她们的动静引过来了，所以她立马换了脸色，一副任谁看了都像是她被顾彩虹欺负了的模样。

顾彩虹犀利的视线，刺着林翎的自尊心，她觉得自己的企图像被顾彩虹看得清清楚楚，然而她不能输，她一定要做出自己是受害者的模样。在这点上，她还从没出错过。她对自己楚楚可怜的姿态有天然自信。

窃窃私语声不断。

不过上流社会，大家都讲究礼仪举止，虽然抱着一颗看热闹的心，也不敢表露得太明显。

林翎是地产大亨林清重的独女，又是颇有芳名的青年芭蕾舞表演家，另一边是芬永珠宝的董事长夫人。

此刻林翎一副楚楚可怜的无辜姿态，而顾彩虹则神情高冷傲慢，看着林翎的眼神里带着毫不遮掩的嘲讽，如女王一般。

很容易就让人想到正宫跟小三对峙的戏码。

这时候男主角出现了，这无疑是这出好戏的最高潮。

其实戚雨牧本身的形象，和这个男主身份是不相符的。谁都知道芬永珠宝的年轻董事长，从无桃色绯闻，为人冷淡持重。是以他出现在这个画面里，清冷的气质一下把这个八卦现场搞得失了几分意味。

“怎么回事？”他声音轻沉。

戚雨牧站在顾彩虹身侧，他一只手臂微微环住她的腰肢，一副保护者的姿态。

哇，刚开始就站好队了？八卦群众心中异口同声。

“雨牧，她用酒水泼我。”林翎娇滴滴地开口控诉。

戚雨牧看到一身明显被泼湿，颇为狼狈的林翎，再看到顾彩虹胸口亦有淡淡泼湿的痕迹，只不过因她礼服的颜色深，不细看并不明显。

“林小姐，你对我的妻子做了什么？”戚雨牧淡声开口。

一声疏离的“林小姐”让林翎气焰全无，准备的后半场戏顿时哑火。

他居然叫她林小姐，还是如此冷淡客气的语气。

“你……”林翎咬唇，泪大滴大滴地落下来。

戚雨牧不再看她，而是转头看顾彩虹：“彩虹，你来说，你被谁泼的酒？”

顾彩虹有些惊讶地看了这个男人一眼，他很聪明，又这么明显地偏帮她，正合她意。

于是，她作势虚弱地往他身上一靠，抚着额头说：“雨牧，是她先用香槟泼的我。我看她很激动，一直喊着让我把你还给她，我……”

她适时露出的迷惘和柔弱，与她方才藐视斜睨的女王气质成鲜明对比，一时之间惹得围观中人分外怜惜。原来自尊自强的女人，偶尔露出脆弱的姿态，是这样迷人。

至此，大家已经把故事情节想得差不多了。

戚雨牧冷淡地说道：“林小姐，我和你几年前就已经结束了。你出国之后我们再无联系，而如今我结婚了，我不希望看到你对我妻子再做出什么失礼的举动。今晚的事我可以认为是你喝多了，我和妻子不予追究，不过，我不想看到下一次。来人，安排车，送林小姐回去。”

一场豪门八卦还没发酵，就已经偃旗息鼓。

众人心思各异。

女人们羡慕顾彩虹，戚雨牧的决断撇清，给足了她面子。而男人们一部分在怜惜娇滴滴的美人林翎，想要安慰；一部分觉得顾彩虹更为吸引人，暗叹娶妻果然是要娶这样大气有气势的女人，他们都还记得方才戚雨牧没有出现时，顾彩虹碾压一切的气场，又在戚雨牧出现后收了气焰，适时示弱，让丈夫下得来台。

这芬永珠宝的董事长年轻有为，连董事长夫人，都不简单。一些想要攀附合作的商人，心意更强烈了。

戚雨牧作势送顾彩虹回房休息。

进了房间后，戚雨牧发现顾彩虹正似笑非笑地看着他。

“戚雨牧，你很会演戏啊。”

“彼此。”戚雨牧心里难免有几分失望，这一刻他才发觉自己有多想以前的那个彩虹回来。

原来他无时无刻不在等待着，希望下一瞬，那个她就回归了。

他在心底轻叹一声，决定采取怀柔政策。

他问她：“你要不要吃点东西？”

她嘴角微扬：“你知道我喜欢吃什么吗？”

戚雨牧看了她一眼，就听她又说：“我跟那个包子的喜好可不一样。你既然是那包子的丈夫，那你先说说看，她喜欢吃什么？”

戚雨牧被她问得一怔，可看她颇为认真的神色，也不敢怠慢，心思快速转动之后，温声回应：“彩虹的口味比较清淡，爱吃素食多一些。如果你也喜欢的话，我可以让人准备。”

他这话说得颇有技巧，就见顾彩虹的重点完全落在“你也喜欢”上，立马出声反驳：“说了我跟她完全不同，我喜欢吃重口味的东西，重麻重辣，如果我可以点菜的话。”

戚雨牧颇为惊异，面上却丝毫不显。

他心底实在怀疑，如果真让厨师准备了重麻重辣口味的食物，这位“顾彩虹”真的能消受吗？

虽说是不同的人格，可毕竟是占着同一具身体啊，他还真怕她吃了之后有什么“不良反应”。

娶一个妻子，却要面对两种截然不同的人格，这是戚雨牧在心怀担忧之后，又想要苦笑的感受。

他并不讨厌这个人格的顾彩虹，在他看来，无论是哪一面的她，都是她心底真实的一面，必然有形成这种人格的理由，他会作为一个整体去看待她、守护她。这是他此刻的想法。

晚宴结束时已经很晚了，即使这样，戚雨牧还是要和顾彩虹回去。沈芳虽然很不满，但今天的一出闹剧，也让她看清了某些事。

撇开林翎利用她这一点，让她感到真正危机的是，顾彩虹在戚雨牧心里的分量，她可能完全估算错误。原以为这是一桩不情愿的婚姻，戚雨牧不会给顾彩虹好脸色，但现在看来，她完全想错了。

不，她绝对不会允许许惠琳的女儿控制她儿子的生活。

她一定要把他们分开！

司机把戚雨牧和顾彩虹送回了家。

顾彩虹用嘲笑的口吻奚落戚雨牧：“这么晚还回来，你很害怕别人发现我的不妥？”

“你可以想得更正面一点儿，我是为了保护你。”戚雨牧没有在意顾彩虹语气里的嘲讽，反而对她微微一笑。

顾彩虹得意的神色僵了一下，就像撞到一股无形的墙，吃了一鼻子灰。

“我不知道你还要占据彩虹的身体多久，不过我希望你，是和我一样的心意，能够保护她。”戚雨牧看着她的眼睛，直白坦率，毫不躲避。

她的心像被重重敲了一下，又像被戳到痛脚，她的语气都变得激烈起来：“我当然会保护她！我比谁都能更好地保护她！你什么都不懂！”

好吧，看来此人格不仅脾气暴烈，还很幼稚。戚雨牧在心里静默了一下。

“那么，我们两个开诚布公地谈一下。”戚雨牧看着她。

他觉得有必要说清楚一些事，不管能不能约束住这个人格的顾彩虹，但总比什么都不做要强。

“第一，我无意与你为敌，也不想伤害你。这一点我希望你能够明白。”他看着她的眼睛。

她看着他，没有回应。

“第二，我知道彩虹曾觉察出你的出现，所以她去找过医生，看样子她并不欢迎你。”戚雨牧继续说。

她只是撇了撇嘴角，面上是毫不在乎的神情。

“第三，彩虹现在的生后并没你想的那么糟糕。如果你有一些必须要做的事，我希望的是，你尽量不要去破坏她现在维持的生活。”

“第一，我不喜欢人家命令我，不管是谁。”她看着他的眼睛冷冷地说，“第二，我想干什么不会告诉你，为什么要告诉你？你对我而言，不过是个陌生人，还是个男人。”

这个人格的顾彩虹轻蔑的语气和神态，让戚雨牧觉得她的厌男症很厉害，看来她的确需要去医院一趟。

不过她的态度也都在戚雨牧的意料之内，所以他只是把她的手机递到她面前，给她看通讯录的重点，“戚雨牧”三个字映入眼帘。

“至少，我是认识你的，唯一一个朋友。我的电话号码，有需要就打给我，无论任何事，我都会帮你。”他诚恳地说。

顾彩虹僵了一下，她明明想反驳讥讽的，那些话却偏偏卡在喉咙里，发不出来。这奇怪的感觉是怎么回事？是那个包子在控制她不对她老公恶言相向吗？

不，她明明是怼天怼地，完全相反于那个包子的存在，怎么可能被包子同化，被包子影响？

戚雨牧观察着她的神色，忽然伸手轻轻抚上她的脸庞。

这举动让顾彩虹整个怔了一下，她立刻想打掉他的手，却听到男人轻沉的声音，如同蛊惑：“你累了，洗个澡好好睡一觉。”

“戚雨牧，你想骗我睡觉，再让那包子出来是不是？还是你趁我睡着给我打针，你……”她瞳孔皱缩，仿佛想到什么抗拒到极点的不好经历。

戚雨牧却听得心脏一扯："不，我不会对你做任何事，你可以醒过来自己验证。"

他神情黯然、语带疼惜的模样让顾彩虹疯狂狰狞的神色倏然滞住，她呆了一呆，沉默地看着戚雨牧，目光中难得露出一丝迷惘。

戚雨牧的手指轻轻抚过她唇边，放柔了声音："我不知你经历过什么事，也不了解有什么人残忍地对待过你，但是你可以得到我戚雨牧的保证，有我在你身边，你绝对不会再遭受和过去一样的事。"

第十一章

guai tu guo fen chang ai

她想要去见的那个人

童瑞尔刚下门诊，护士小宋就对他说：“童医生，有位戚先生找你。”

童瑞尔推门而入的时候，看到了坐在窗边的男人。

男人穿着一件卡黄色的宽大风衣，午后的日光照在他的侧脸上，英俊的轮廓如同雕刻一般，像被镀上一层柔幻的金色。

这个男人，童瑞尔并不陌生，是戚雨牧。

他见过戚雨牧，在报纸或者电视新闻里看到戚雨牧消息的时候，他心里总有股奇怪的抗拒。

童瑞尔不喜欢戚雨牧俊美的长相，但他也明白自己到底是为什么反感戚雨牧。

因为戚雨牧就是那个被顾彩虹深爱的男人。

戚雨牧这次来找他,童瑞尔猜测到一些事,于是关上了办公室的门。

“戚先生。”

“你好，我是彩虹的丈夫戚雨牧。”戚雨牧对他伸出了手，温润清朗的声音，仍让童瑞尔感到一丝丝刺心。

他们面对面地坐着。

戚雨牧把顾彩虹的情况大致告诉了童瑞尔，看到童瑞尔脸上和自己有着同样的担忧。

“她这种情况需要住院治疗吗？”戚雨牧已知童瑞尔是彩虹以前的医生，所以他没有找更有名的专家，他认为应该先和童瑞尔交流一下。

“多重人格是一种严重的心理障碍，过去三年彩虹的情况都很稳定，另一个人格没有出现过。看来我的判断有所失误，她始终没有彻底痊愈。”

“你熟悉她的情况，我想要了解她的全部。她为什么会这样，这种情况从什么时候开始的？我想，这应该和她的成长经历分不开。童医生，我需要具体了解一下。”戚雨牧的神情凝重而认真。

童瑞尔看他不似作假虚伪的神情，不知为何，心里对这个男人的厌恶跟敌意减轻了。

“在医学上，我们对多重人格的定义是：一个人具有两个以上的，相对独特的并相互分开的亚人格，这是一种癔症性的分离性心理障碍。

“从一种人格向另一种人格的转变，通常与创伤性事件密切相关。你猜测得不错，彩虹会这样，的确和她少年时的遭遇有关。

“彩虹的父母早就离婚了，你应该见过她的继母赵霜。”

戚雨牧点点头。

童瑞尔继续说：“彩虹的母亲许惠琳、继母赵霜，还有同父异母的妹妹顾欢好她们都是不知道彩虹有精神疾病的。第一个发现的人是彩虹的父亲顾之乔，顾之乔发现之后，秘密地带彩虹来看病，他不想让任何人知道他的女儿有精神疾病，还骗许惠琳说送彩虹出国念书。现在回想起来，也可能是他早就知道有这样一桩婚约，为了使婚约不出意外，他必须隐瞒女儿的病情。”童瑞尔想通了一些事，越发对顾之乔的行为嗤之以鼻。

戚雨牧了解他在说什么，这些日子通过私家侦探调查的资料，对顾之乔的为人也了解了七八分。

“彩虹十四岁那年，顾之乔跟许惠琳正式离婚，赵霜堂而皇之进入顾家，还带着顾欢好，占据了彩虹的一切。顾欢好只比彩虹小三岁，也就是说，顾之乔跟赵霜早就暗通款曲，十年来一直瞒着许惠琳。可想而知，对她们母女的打击。”

戚雨牧听得皱了皱眉。

童瑞尔又说：“外人不知道的是，离婚后，许惠琳并没有马上和彩虹搬出去，而是同住过一段日子。这件事我了解得不多，因为顾之乔不愿意把全部事情告诉我。但我猜想那肯定是一段很不堪的日子，因为就是那两年的同住生活，让彩虹发了病。她第一次发病时是在十六岁那年。

“那时我还不认识彩虹，而她十六岁发病之后，顾之乔也没有马上给她看病，一直拖到她十九岁，顾之乔才找到我的老师秦放，我也因此认识了彩虹。

“这其中有两件事我们一直很疑惑，一是当时彩虹身上有被殴打的痕迹，但她一直不肯说出是谁打的她，连秦老师也无法探出她的口风。

我们也考虑过是否是她自残造成,但老师最后的判断是外人造成的伤。

“至于这个外人到底是谁，是顾之乔、赵霜，还是许惠琳，甚至顾欢好，这是彩虹埋藏极深的秘密，她始终不肯说出来。”

童瑞尔一边说，一边观察着戚雨牧，只见戚雨牧神色沉郁，紧蹙的剑眉透露出男人不平静的内心。他竟感到稍许欣慰，暗想自己现在是太佛了吗，明明这个男人是该讨厌的情敌，可是见对方关心彩虹，他仍是为彩虹感到高兴。

“二是彩虹的另一人格在三年前最后出现的那天，我遇到过她。那时她一反常态,用一种十分亲切温柔的语气跟我说她要去见一个人，只要见了他，她就都能好了。我一直不知道她去见的人是谁。”

闻言，戚雨牧在讶异的同时，心里隐隐掠过一种忽略不掉的不快和酸意。

她是要去见谁?

“你见过彩虹的另一个人格，应当知道她是极富攻击型的强势型人格。但是我清晰地记得那一天，这个人格说话的语气跟神态，都已经非常接近彩虹的主人格了。那个人可以让她有这样惊人的改变，我当时就在想彩虹的两种人格是可以融合的，就是说她们可以和解。只要和解了，那么彩虹的疾病就治愈了。”童瑞尔沉思了一番。

“不知道那天她有没有见到那个人，但是那天之后，这三年里，我都再没见过彩虹的攻击型人格。我以为，彩虹真的痊愈了。”童瑞尔叹息说，“彩虹十九岁的时候被顾之乔带来医院，中间有两年顾之乔安排她住院治疗。后来彩虹考上大学，秦老师建议她可以边上学边治疗。可喜的是她的情况的确越来越稳定，秦老师最后一次为她诊疗是她二十三岁生日的那天，那个攻击型人格也是秦老师通过催眠疗法唤出的，这也是我最后一次见到那个人格出现的时间。”

“所以她想要去见的那个人很关键？”戚雨牧抓到了童瑞尔话中的重点。

童瑞尔点了点头：“是，我认为那个人的存在可以安抚这个分裂人格。”

“但彩虹最近发病了，是什么缘故？会因为精神压力跟创伤再度犯病吗？”戚雨牧心中的疑虑和愧疚是并行的，他在想，婚后他对彩虹的态度漠不关心，是否和她的发病有关。

“这个还不能断言。但发病的情况，一般是在遇到巨大的刺激或应激性事件时才会发生转变。不论如何，肯定有让她感到压力或者情绪剧烈的事情发生。”

“她这一次转变后，已经一天一夜了，原来的彩虹还是没有回来。”戚雨牧嗓音低沉，“这个攻击型人格会强势占据她的主人格吗？还是会将她的主人格彻底抹杀？”这是他最担心的事。

“主人格没有那么容易被抹杀，但这也跟病人的意志力有关。癔症性的分离性心理障碍，情况都十分复杂，即使作为医生，我也不敢百分百断言任何事。每个人的情况都有所不同。”

“那这个人格做的事彩虹的主人格会知道吗？”

“一般主人格不会知道分裂人格在掌控她时做的事，两种人格主导的时间，都不进入另一方的记忆，所以在一种人格存在时，是意识不到另一方存在的。”

“可这个攻击型人格为什么了解主人格的事情呢？比如她也认识我，知道我是彩虹的丈夫。”

“我这样跟你解释，多重人格的病人，每个副人格都掌管一部分记忆，而彩虹的这个副人格是长期存在的。长期存在的副人格，就会对主人格的事情了解得比较多。

“而彩虹这个副人格产生的极大原因,还是因为想要保护主人格。作为一种记忆承载，她能帮主人格承担部分记忆。打个不恰当的比方，这个分裂人格的意识一直沉睡在彩虹的潜意识里，所以她对彩虹周边的事物认知能力都有。

“但她们两个不处于并存意识的情况下，就不会共享记忆。这也是为什么，当这个攻击型的人格出现时，彩虹的主人格并不会知道她做过些什么事，这个时候，就更像是两个独立的个体。所以副人格可以有和彩虹截然不同的喜好。”

戚雨牧心口微沉，他并不喜欢这个答案。这意味着彩虹在爱着他的同时，那个分裂人格也可能主宰她喜欢上其他人。

在童瑞尔所说的情况里，有一件事让他很介意，三年前，她说要去见一个人。

那个人到底是谁？为何他直觉地认为那是一个男人，而那个人，是她很在意的。

一想到彩虹可能还爱着别人，戚雨牧就觉得心口窒息。

“戚先生，彩虹现在的情况，服药并不是主疗，她需要催眠分析治疗，让她的多重人格之间进行交流跟和解。但是你也要明白，尽量不要刺激到她。尤其是那个攻击性强的分裂人格。我怕她抗拒治疗。”

戚雨牧点点头：“童医生，我们交换一下手机号码，我会和你保持联络。”

“好。”

一番交谈下来，童瑞尔对戚雨牧的抗拒已经无形中消失了，他开始接受戚雨牧是顾彩虹的丈夫这个身份。

顾彩虹换了一身红色的连体长裙，化了一个很浓烈的妆，烈焰红唇，所以当盛安看到她的时候，吓了一跳。

虽然作为戚雨牧的跟班，他了解顾彩虹的真实情况，可想象和亲眼所见还是有强烈冲击的。

盛安第一次切身体会到分裂人格的可怕。

顾彩虹在他的印象中是一个温婉娴静的清秀女子，他至今还记得那日她一袭旗袍弹古筝的优雅模样。

而眼前这个仿佛来自地狱的烈焰女神，还是他认识的顾彩虹吗？

“夫人，您要去哪里？”快速平复心绪之后，盛安硬着头皮问。

这是老板给他的任务，让他务必跟着顾彩虹，有什么事及时和老板联络。

顾彩虹转头瞥他一眼，眼神里的凛冽直刺人心，顿时让盛安打了一个寒战。

“哦？我要去哪里你都送我吗？”顾彩虹微微一笑，有些挑衅地看着盛安。

“是的，董事长吩咐过，您要去哪里都可以差遣我，我会为您效劳。”盛安平静下来，不亢不卑地回答。

顾彩虹沉默了一下。

盛安正在想对方会不会想方设法地摆脱自己时，就听到对方的一句：“好啊，那你开车，我要回家。”

“回家？”盛安愣了愣。

“顾之乔的家。你知道吧？”顾彩虹红唇微勾，笑得有几分阴森寒凉。

“是，我知道。”盛安一个激灵，提起全部精神，回答顾彩虹。

顾家的洋房别墅里，赵霜正坐在沙发上，看着女儿顾欢好郁郁寡欢的样子。

“你最近是怎么了，小童也好久没来了，吵架了？”赵霜对这个未来女婿还算满意，对方出身名门，三甲医院的副主任医生，医学博士，将来晋升的路显而易见。

顾欢好仿佛被戳到痛脚，娇艳的脸上神色一滞：“我的事我自己会解决，你别多管。”

赵霜好意关心被她这么顶了一句，心里就有几分恼火：“顾欢好，除了我还有谁这么关心你。别怪我没提醒你，你最好好好抓着童瑞尔。顾彩虹那种贱命，都能嫁给戚雨牧，我可不能接受比童瑞尔更差的女婿。”

顾欢好想到童瑞尔对她提出分手都快有半年了，她一直瞒着母亲，还厚着脸皮不要自尊地去缠着童瑞尔。

她红了眼睛，委屈也只能自己憋在心里。

从小到大，顾欢好就看不起顾彩虹，喜欢抢顾彩虹的东西，可唯有童瑞尔，她是真心想要的。

但这个男人，偏偏对她没有心。

只有她自己知道，三年来维系这段感情她有多辛苦，可她费尽了心思依然得不到他的心。

“太太，彩虹小姐回来了……”

管家过来慌慌张张地禀报了一声。

赵霜和顾欢好都怔了一下，顾彩虹怎么会来这里？

她来干什么？

顾彩虹一身鲜红热烈的长裙，整个人如一团火般走进来。

赵霜有点惊异，一瞬间她甚至没有认出来那是顾彩虹。

上一次见顾彩虹是为了许惠琳医药费那次。顾彩虹在她眼里毫无特色，丝毫没继承到许惠琳的美貌，她一直觉得顾彩虹没自己的女儿漂亮。

顾彩虹结婚的时候赵霜是憋着一口气的，只觉顾彩虹哪里来的好命，居然能嫁到珠宝世家。所以那次婚礼她全程都不想正眼看顾彩虹，更别提还要见到许惠琳那张败兴的脸。

现在顾彩虹站在那里，身姿优雅，气势不是赵霜熟悉的那种温和平静。

顾彩虹双手环臂，一双幽黑的眼睛盯住赵霜，一开口就是一句让赵霜气结的话：

“赵姨娘，你老了。”

“你、你叫我什么？谁是姨娘？”赵霜简直不敢相信，顾彩虹会这样称呼她。过去无论她怎么刁难刻薄，顾彩虹都是非常能忍的，见了她也只一句赵阿姨。

“别那么大动静，一句姨娘你至于吗？你的身份还有谁不知道，未婚先孕，勾搭有了老婆孩子的老板，小三登堂入室，叫你一声姨娘你担得起。”

赵霜要被气炸了：“顾彩虹，你疯了吗？听听你说的这是什么话？你等着，我让你父亲来收拾你！”

“又来？怎么这么多年过去了，你还是只会这一招啊，拿那个渣男威胁我。我、可、不、怕。”最后这四个字，顾彩虹一字一顿，语声冰凉而带有戾气，竟把赵霜惊得一愣。

“顾彩虹，你说话客气点。”顾欢好在一边听不下去了，出声轻斥。

“客气？那你怎么不先客气啊？顾欢好，论理你该叫我声姐姐吧？来啊，叫两声听听。”顾彩虹毫不在意地一撇嘴，像对一只小狗讲话那样，犀利嘲弄的眼睛看着顾欢好。

“你、你到底来干什么？”顾欢好一时气结，想到这顾彩虹莫不是因为嫁入了豪门，变得咄咄逼人，和从前竟完全不同，是因为有人撑腰了吗？但不是说她不得丈夫欢心，哪里来这样的底气？

顾欢好忽然回想起那天偷看童瑞尔手机，发现顾彩虹有和他联络之后，气急败坏地打电话质问顾彩虹。那一通深夜的电话，她也是被顾彩虹教训了，随后顾彩虹还马上关了机。

果然，顾彩虹跟以前不一样了。以前的顾彩虹，绝对不会这样对她们说话。

“我来这里，当然有事要做。”顾彩虹清冷一笑，笑意却一点也没到眼睛里。

赵霜见她伸出手，摊开掌心，看着自己说：“把我的东西还回来。”

赵霜心一跳，声音一哑：“什么？”

“赵姨娘不要明知故问，我十四岁的时候，你拿我的那条项链，还给我。那是我奶奶给我的东西，你据为己有那么多年，现在该物归原主了。”

赵霜被她一席话说得面子上挂不住，声音都变尖锐了：“你不要胡说，我哪有拿过你什么项链？”

站在大厅外的盛安一直观察着，察觉那边剑拔弩张的气氛，心惊胆战，好在他在来的路上就不着痕迹地给戚雨牧发了消息说明了情况，希望老板在处理完公事之后，过来一趟。不过看目前的情形，他很怕老板还没赶过来，顾彩虹就会和她们大战。

芬永大厦，戚雨牧刚在主位坐下，准备开始会议，就看到手机上再次传来了助理的信息：

“老板，急救啊！顾小姐现在正在顾家大宅，和赵霜吵架。”

戚雨牧不着痕迹地放下手机，站起身：“今日会议暂停，我有事外出。”

那边正准备开始报告的余笙一脸状况之外，呆呆地看着戚雨牧。

“散会。”只见老板已经起身，迅速披上自己的外套，潇洒地走了出去，就像T台男模。

女部长们感叹，老板大人真的好帅。

顾彩虹料到赵霜不会承认，她不耐烦地说：“你最好快点交出来，否则我不介意让更多人知道你的‘光荣事迹’。”

“顾彩虹！”赵霜尖声叫着，气得浑身发抖，“你不在乎你母亲了是吗？我可以让顾之乔立刻跟许惠琳断绝来往！”她知道许惠琳是顾彩虹的软肋，“别等她哭着闹着自杀的时候再来烦我们，我够大度了，他们离婚十几年，我都因为她精神脆弱，忍受着她不断来烦我老公。你既然要闹，那就不妨让记者来评评理。”

她以为顾彩虹会示弱，谁知顾彩虹一脸冰霜，那嫌恶到极致的眼神，她从未见过，竟让她莫名打了个寒噤。

顾彩虹发出一阵尖锐的笑声，随即赵霜听到一句不可思议的话，她甚至以为自己听错了——

“她要死就让她去死好了！”

听到这句话，赵霜是真的吓到了，因为她从未见过顾彩虹用如此怨毒真实的语气说许惠琳。

顾彩虹不是一直孝顺到不行，为了许惠琳各种事情都可以忍的吗？

“你在说什么鬼话！”

身后传来一声怒吼。

赵霜听到顾之乔的声音，如遇救兵，一下走到他身边，露出楚楚之色：“之乔，你总算回来了，你看看你女儿就这么欺负我。”她红着眼睛，一脸受到天大委屈的样子。

顾彩虹只感到作呕，她厌恶至极地看着这两个人：“行了，别演戏了，把项链交出来我就走，我没兴趣看你们惺惺作态，我还想吃晚饭。”

“你……”赵霜气到发抖。

“顾彩虹，你别太过分了。”顾欢好帮腔自己的母亲，扶着赵霜，心里惊疑不定。她有些害怕这个顾彩虹，因为从未见过顾彩虹如此歇斯底里的模样。

“什么项链？”顾之乔怒视着顾彩虹，为她对待自己和赵霜的态度感到生气。

“奶奶的项链，我的生日礼物。这个女人一进顾家的门，就把我的项链抢走了，请她物归原主。”顾彩虹盯着顾之乔，一字一句清晰地道。

“你拿过她的项链？”顾之乔记得那条项链，那是他母亲还在世时，送给顾彩虹的，那项链算是他们的家传之宝。

“我……”赵霜在顾之乔的目光下，一时有些心虚。

顾之乔岂会看不明白，但事情弄成这样也确实不好看。

“好了，彩虹，一条项链而已，赵霜也算是你的母亲，以后也不是老死不相往来，惠琳也不想看到你闹这么僵吧？”

顾彩虹冷笑起来：“笑话，什么母亲？那条项链既然是奶奶给我的，就是我的。不给项链，那你们折成现金给我。”

“你在闹什么？非要这样撕破脸？是因为你母亲医药费的关系？”顾之乔动怒。

“和你们有什么脸好撕？一对渣男贱女，没脸没皮，良心被狗吃了，也正好从犄角旮旯里找到彼此。”

顾彩虹轻蔑到极点的口吻，一脸欲作呕的表情，却是句句诛心。顾之乔气到窒息，他倏然想到了什么，心脏剧烈一震。

“你……”

他眼中露出惶恐，像是看着什么怪物似的盯着顾彩虹。

赵霜和顾欢好都发现了他的变化，一时间不知道是什么缘故，惊疑不定。

顾彩虹突然恣意狂妄地笑起来，她撩了一下自己的长发，目光定在一处，红唇微扬："你来了。"

顾之乔和赵霜回过头，有些意外，竟是很少能见到的戚雨牧。

要知道戚雨牧虽是顾之乔的女婿，但这一年多以来，他见到戚雨牧的次数屈指可数，每次都是因为他的生意，厚着脸皮去芬永大厦拜访戚雨牧。

戚雨牧居然会主动来顾家，这真是破天荒的第一次。

第十三章

我们是夫妻，睡在一起很正常

顾之乔一颗心惊恐忐忑，他很怕戚雨牧已经知道了什么，来兴师问罪。他的女儿有精神疾病，这件事如若被戚家知道，那么一切都完了。

一瞬间，自私如顾之乔，想到的全部是他岌岌可危的事业跟以后如何在商圈立足。

赵霜则狐疑着，暗想这戚雨牧是不是过来给顾彩虹撑腰的？他们的关系什么时候好到这样了？

“顾先生，赵女士。”

戚雨牧连声岳父岳母都没有叫。

顾之乔露出讨好的笑容：“雨牧，你来了，是来接彩虹吗？”他内心害怕暴露的惶恐胜过一切。

这件事情传出去，他顾之乔就会成为笑柄。隐瞒一个精神病患者的女儿，硬塞给戚家，不要说戚家，以后他也会上这个阶层人人拒绝来往的黑名单。

“彩虹，你说要过来取的东西，拿到了吗？”戚雨牧看向顾彩虹，声音柔和了几分。

顾彩虹嘴角轻扬，露出一个讥讽的笑容，凉凉地看向赵霜：“没呢，赵女士看来还想揣着那条项链，死都不松口。”

“你、你别血口喷人……”当着戚雨牧的面被这样说，赵霜涨红了脸，年轻时她亦是个风骚爱美的女子，又十分好面子，现下面对一个年轻英俊的后辈，她只觉得一张老脸都挂不住了。

“拿出来！”顾彩虹不与她废话，伸出了手。

“我、我要找一下，时间太久了，我记不清了。”

“一个星期，没有的话就直接按市价折合兑现。”顾彩虹一点也不意外，笑盈盈地望着赵霜。

“你……”赵霜简直快气炸了，顾彩虹什么时候变得这么精明了？

“我什么我？我还没问你收利息呢！”顾彩虹飞快地接口。

戚雨牧都要被她逗笑了，她这样的一面，他真的既忧心又动心，也不知是好还是不好。至少这个人格的彩虹，放飞自我，要比主人格少受了很多委屈。

“这是……怎么回事？”忽然，一个女子的声音从众人身后传来。

“惠琳，你怎么过来了？”顾之乔见到许惠琳，十分震惊。

刚刚进入顾家大厅的许惠琳，看着剑拔弩张的众人，一脸不安。

“我……是彩虹打电话让我这个时间过来，说有事要和我说。”许惠琳早上接了顾彩虹电话本就一头雾水，她不懂女儿为何偏偏要她到顾家大宅来。但顾彩虹没给她细说的机会就关掉了手机，于是她就惴惴不安地来了。

只是她一来，就看到女儿对阵赵霜，把赵霜气得不轻，她心中惊疑不定，她觉得这根本不像她熟悉的女儿。

戚雨牧是唯一一个一直把关注点落在顾彩虹身上的人，目光一刻不离。他清楚地看到许惠琳出现后，顾彩虹脸上一闪而过的痛苦跟怨恨，且她的眼里还有种不对劲的癫狂，很像一个人要自我毁灭不顾一切的那种癫狂。

这让戚雨牧一颗心提起来，在顾彩虹要发声前，他倏然一把搂抱住她，把她的头按在自己胸口，做出安抚的姿势。

他用只有顾彩虹听得到的声音温声道："嘘，彩虹，平静一点，不要做让自己后悔的事。"

他根本就没有把握能把副人格的彩虹劝住，他只是不想她做出无可挽回的事。

顾彩虹被戚雨牧抱得一惊，男人温柔有力的怀抱钳制住她，让她没法挣脱。

她本想挣扎，可是脸颊贴靠在他胸前，听着他沉稳有力的心跳，就像有股莫名的力量攫住她，瞬间，脑袋里一股抽搐的疼痛，让她软了身体。

戚雨牧对顾彩虹忽然的亲密举动，把在场的其他几个人都吓了一跳。

赵霜是不敢置信戚雨牧竟会当众拥抱顾彩虹，那模样亲昵极了，哪有半点感情不好的样子。

顾之乔则是心虚到极点，他几乎已经认定戚雨牧知道真相了，而这个不正常的“顾彩虹”，被戚雨牧安抚住了。

出于一个母亲的担忧，许惠琳忧虑的眼神落到他们身上：“彩虹她怎么了？”

戚雨牧轻轻搂住顾彩虹，让她更舒服地依偎住他。许惠琳听到他清润的声音说：“妈，彩虹她觉得头晕，这里有房间可以让她休息一下吗？我想扶她去躺一下。”

赵霜跟顾之乔神色各异，许惠琳主动引着戚雨牧和顾彩虹来到二楼的一个房间，让顾彩虹休息。

“这是彩虹以前的房间，我虽然和之乔离婚了，但这个房间保留着。”

“妈，你不用担心，彩虹最近重感冒，已经看过医生，服药之后偶尔有眩晕的反应，我在这边守着她。”

戚雨牧说了让许惠琳很放心的话。

“好，好。”许惠琳欣慰地看着戚雨牧，越看越觉得熨帖满意。

殊不知顾彩虹的手一直紧紧掐住戚雨牧，但男人无动于衷地继续演戏。

为了给两人独处的空间，许惠琳离开了。

戚雨牧关上房门，见顾彩虹捂着脑袋，神情凶狠，但因为头疼又说不出话的模样。

“我带你去医院。”戚雨牧语气凝重。

“哼，不用去，是她要出来了！”顾彩虹轻叫了一声，一副在对抗的表情。

她的话让戚雨牧呼吸一窒。

这个冷冰冰的顾彩虹盯着他的眼睛："戚雨牧，你很开心是不是？那个软包子顾彩虹就要回来了，她一回来又好被你们欺负了。"

"于我而言,你和她都是顾彩虹。"戚雨牧看着她的眼睛,声音轻沉,表情认真。

顾彩虹呆了一下，下一秒，彻底失去意识。

昏厥前，她仿佛听到男人呼唤她的名字："彩虹！"

顾彩虹再度醒来时已是黄昏，夕阳的霞色映照进房间。

她动了下，只觉得自己的身体仿佛被碾压过一样无力，头亦昏沉沉的。

这是哪里？

她环顾四周。

这里是……她以前的房间！

顾彩虹惊慌地坐起身。

"你醒了。"熟悉温雅的男声从身后传来，她回头，看到那张让她心安的脸。

"雨牧。"她怔怔地唤他。

戚雨牧注视着女人的眼睛,那里清澈干净,像小鹿那样无辜又慌乱。

她回来了。

心上有股莫名的潮湿与柔软，让他情不自禁地伸出手，轻轻抚摸她面庞。

“雨牧，出了什么事，我怎么会在这里？”顾彩虹完全记不起发生了什么事，这让她感到很慌张。

她很快想到一件极度可怕的事，是那个人出现了吗？

如果说她最不愿让一个人知晓她的病，那就是戚雨牧。

可偏偏……

顾彩虹抓住戚雨牧覆在自己脸庞的手，一颗心颤抖得厉害，她悲喜不明地看着他。

“没关系，我知道了，彩虹，没事的。”男人仿佛知道她要问什么。

他这句温柔的话语，让顾彩虹整个身子颤了一下，眼睛也湿润起来。

戚雨牧一下抱住顾彩虹，把她拥进自己怀中，仿佛知道她的痛苦与不甘。

这是她埋藏最深的秘密，她或许最不愿让他知道。

可是他知道了，亦会守护她。

“所以她……做了什么？”顾彩虹的声音有一点抖，她很怕事情会一发不可收拾。她躺在顾家大宅，这本身已经代表事情的严重性。

戚雨牧斟酌了几秒，用平缓的语调把这两日的事情跟她讲了一遍。

顾彩虹越听越心惊。

“她从来没能控制过我这么久。”她望着戚雨牧。

她不知道这个男人此刻是怎样看她的，他们之间的关系本就已经够复杂，现在还加上这个，她对他而言，真是个彻头彻尾的骗子了。至少她一直以来都对他隐瞒了自己的病。

可是没有对他提，一是之前他们相处的时间都屈指可数，二是她真的以为自己痊愈了。她不是有意欺骗，可他会相信她吗？

“我隐瞒了自己的病嫁给你，你会更加认为我是个骗子吗？”顾彩虹敛下眉，忽然不敢看男人。

“你为什么嫁给我？”她听到男人这样问。

顾彩虹抬头，对上他的视线。他一双幽邃的眼眸，像深海一样吸引着她，让她无法抗拒。

“告诉我实话，那时候你答应我会拒婚，我是相信你的。后来到底发生了什么，让你改变主意？”戚雨牧凝视着顾彩虹，第一次认真地问出这个问题。

他想要解除他们之间的误会，并且让顾彩虹知道，他相信她。

戚雨牧俊美的脸庞虽然和平时一样没什么表情，但那面无表情下的柔色，顾彩虹能够体会到。

她一直知道，他其实是一个很温柔的男人，就像藏于冰山之下，他不擅长表达，却从来不是一个坏人。他是那个让她倾心爱慕的男人。

“出尔反尔，是因为我没有选择的权利。父亲逼迫我，他要我嫁给你，要戚家这个姻亲的关系。”顾彩虹看着戚雨牧的眼睛，告诉他答案。

戚雨牧的内心震动着，煎熬的心情在这一刻破茧而出，毕竟他是那样恶意地误会了她并且伤害了她。

想想过去一年中他们之间如履薄冰的婚姻关系，他像个傻子一样，骄傲自负，认定她是个贪慕虚荣的女子，冷漠地对待她。他真的，该死。

他再也问不出另一句他很想知道的话“你爱我吗”。

虽然她的副人格告诉过他，她对他的暗恋，可他想听她亲口说出来。

这一刻，深深的内疚和自责，阻了他的口。他甚至觉得自己没有资格问她这句话。

因为到目前为止，他都是一个失败的丈夫。

“我不是有意隐瞒你我的病，我以为自己真的好了，而且这很难启齿，我不想被你看作一个精神病，我……”顾彩虹声音慌乱颤抖，很想对他解释清楚。

她话未说完却倏然被男人紧紧地拥在了怀里，她听到他低沉安静的声音：“我相信你，彩虹，还有对不起，为我一直以来做的。”

顾彩虹的眼睛瞬间湿润了，泪就这样簌簌地落下来，再没什么比戚雨牧这句温柔安抚的话语，更能让她释怀了。

天色渐黑，戚雨牧和顾彩虹坐在车后座，司机开着车，副驾驶座上坐着许惠琳。

许惠琳不时地从后视镜里看后座上的年轻夫妇——女儿靠在女婿身上，英俊非凡的女婿很温柔地怀抱着女儿。

这样的一幕让她这个做妈的心情十分愉悦。

看来他们感情很好。

现在他们是要一起回许惠琳家。

许惠琳很想女儿，便邀着彩虹跟戚雨牧一起去住一晚。顾彩虹还没出声，戚雨牧已经替她点头了。

顾彩虹其实很害怕，怕在母亲家的时候，她的副人格会跑出来。

许惠琳并不知道女儿生病的事，而顾彩虹也从未在许惠琳面前病发过。

车里的人，心思各异，只有许惠琳是满满的欢喜。

许惠琳住的公寓，比戚雨牧想的还要简陋一些。

顾之乔这个人的自私与势利，让戚雨牧心情复杂。想到顾彩虹过去可能有比他现在所知道的，更不堪的际遇，他的心又有些难受起来。

他发现身边的顾彩虹很紧张，便伸出手轻轻握住她。

顾彩虹抬头就看到戚雨牧俊美的脸，虽然像往常一样毫无表情，但他的眼神很柔和。

他说："别紧张，没什么好担心的，如果有问题，我会替你解决，不会让你母亲担心。"

听到他这样说，顾彩虹的心瞬间就松了一下。有个人分担的感觉真好。

他们回来的时候已经很晚，晚餐后很快就要面对同居一室的尴尬。

婚后他们一直一人一间房，相处的时间也短，顾彩虹望着自己婚前那张不算大的单人床，心里有些纠结。

戚雨牧从浴室出来，就看到有些紧张的顾彩虹。

聪明如他，也大概能猜到彩虹此刻的心思。

“那个，我的床太小了，不然我打地铺就好……”顾彩虹想到之前在他家的那一夜，自己要打地铺的时候，被他说出那样一番极伤心的话，莫名地，心里怵了一下。

见戚雨牧站在那里，俊逸的眉峰似乎皱着，她很容易想到他是不是不高兴了。

“我……”顾彩虹更加不知道该说什么了。他又会觉得她做作吗，可是她的床实在太小了，而且他一直不喜欢有人靠他太近，这一点她是了解的。

“对不起。”戚雨牧走过来，低沉地道歉，仿佛一片柔羽飘落在顾彩虹心间。

她怔了一下，眼眶又有些不听话地发热发红。

戚雨牧一根修长的手指轻轻抚到她眼睑，她听到他宛如天籁般低柔的声音：“别哭，以后再也别提打地铺的事。我们是夫妻，睡在一起很正常。”

顾彩虹洗完澡出来，用毛巾擦拭着头发，发觉戚雨牧正靠在她床上翻看一本书。洁白的被褥上，他的大长腿让这张单人床显得更加迷你，似乎有些委屈他，但这样的一幕又可爱得让她发笑。

“头发要吹干才好，不然会不舒服。”戚雨牧瞥了一眼顾彩虹，温声说。

顾彩虹突然觉得这位戚先生可以去做教导主任，声音清冷好听，连说教都很有魅力。

在她还未回神的时候，戚雨牧已经下了床，出了卧室片刻后竟从浴室里拿回一只吹风机。

“坐这边。”戚雨牧拍拍床沿的空位，示意顾彩虹坐下。

醒悟到他竟要帮自己吹头发，顾彩虹瞬间红了脸。

她脸颊发烫，感觉男人的手指轻抚在自己发间，空气里都似乎蔓延着一种让人心跳加快的暧昧气息。

她一颗心扑腾扑腾，连耳朵也发烫了。这时，许惠琳的声音从卧室外传来：“彩虹啊，夜里凉，加床被子，妈妈进来了啊。”

许惠琳话音刚落，戚雨牧与顾彩虹相视一眼。戚雨牧想到的是被岳母看到这个样子有些尴尬，而顾彩虹则是害羞到不行，她一瞬飞快地站起身，结果他手里还抓着她的头发，其中一缕正巧被吹风机卷进去。

“啊……”她痛得轻呼一声。

戚雨牧听不得她喊痛，一瞬间两个人都手忙脚乱。

许惠琳进来的时候，正好看到这两个人乱作一团，误会了的她掩嘴一笑，将被褥放到床上：“不好意思，是妈妈打扰到你们了。”

许惠琳笑盈盈地走出去，还体贴地替他们带上了门。

戚雨牧和顾彩虹面面相觑。

顾彩虹一张脸烫得快瓜熟蒂落了，意识到自己还在男人怀里，她轻轻推了推他：“你先放手……”

顾彩虹柔软的身子贴着他的胸口，他的脸也红了。然而他心里越激动面上也越瘫得厉害，他终于放开了妻子。

于是，顾彩虹看到一个面无表情的戚总裁开始一丝不苟地整理吹风机电线。他一定不知道他故作镇定的样子有多可爱，顾彩虹心中暗想。

熄了灯，他们安静地躺在一起。

“其实我很怕黑，也怕夜晚一个人，一个人的房间让我窒息，很想要有人陪我，在夜晚陪在我身边……”开始时顾彩虹讲得有几分犹豫，可不知为什么，这样宁静的夜晚，和戚雨牧如此亲近的距离，她想要对他吐露一些从不曾吐露的心声。

那种对黑夜的恐惧，孤寂死灰的感觉，并不是假的，这些情绪也是过去脆弱的她最真实的情绪。只是慢慢地，她把它们全都埋起来，现在对他展露出自己的脆弱，好像并没有那么难。

戚雨牧的手轻轻握住了她的，她听到他沉静的声音：“以后有我陪你。”

顾彩虹心里溢满感动和甜蜜，她喜欢和他这样温柔安静地躺在一起，浓烈的感情就快抑制不住。

她真的好想告诉他，她爱他，很爱很爱他。

但是现在这样，她已经心满意足。

她依偎在戚雨牧怀里，听到他低沉诱人的声音对她说：“晚安，彩虹。”

每一次他叫她名字的时候，都会让她心跳加速，他的声音是那么好听，这样亲昵温柔的语调，令她心旌动摇，她喜欢听他这样叫着她。

呼吸里有他身上好闻的味道，身边是他温暖的体温，这与一个人睡觉时是完全不一样的。

顾彩虹的心慢慢静下来，所有的不安消失了，他的气息他的存在，都给她心安的感觉。

晨光刚刚照进屋里的时候顾彩虹就醒了。昨夜她睡得很好，似乎好久都没睡那么好了。

顾彩虹轻手轻脚地翻过在外侧的戚雨牧，下床的时候差点绊到了他。

顾彩虹吓一跳，唉，怪只怪自己的床实在太小了。好在床铺柔软，她歪着身子摔下来也并没有很大的动静。只是好巧不巧，正好跌了个与戚雨牧面对面的位置。

那张摄人的俊脸一下在咫尺之间，戚总裁还是睡得很熟，顾彩虹屏着呼吸看过去，这一望之下却有些呆住了。

晨光照在戚雨牧脸上，他眉目如画，嘴角带着迷人的弧度微微上翘。

睡着的他像个小婴儿一样，带着一种纯真温雅的气质。

真是个大美人。

她陷入他的美颜中无法自拔，等到她回神，便对上一双明亮有神的眼睛，她心脏“扑通”一声，望着他说不出话来。

“你……”顾彩虹顿时觉得好窘，思索到自己现在的姿势，就像是躺在他胸前盯着他犯花痴，呃……

顾彩虹双颊绯红，急忙坐起身子。

“早安。”戚雨牧望着顾彩虹清透羞红的脸蛋，心里有种淡淡恬静的喜悦。他好像从不曾有这样放松的时刻。

“早。”她支支吾吾地吐出一个字，然后像只小兔子似的飞快站起身，“我、我去浴室。”

戚雨牧看着顾彩虹“落荒而逃”的身影，脸上绽出由心而发的笑容。这笑容要多迷人有多迷人，可惜没有人看见这一面的戚总裁。

第十三章

yuan tu guo fen chong wo

你放开我，别用你的脏嘴碰我

顾彩虹梳洗完走出卧室，想帮母亲一起准备早餐。她知道许惠琳一向起得很早，果然就看到在厨房里准备早点的许惠琳。

“妈，我来吧。”顾彩虹接过许惠琳手里清洗的果蔬，想让她休息一下。

许惠琳昨夜睡得不大好，把白天的事情想了一遍，总觉得有些奇怪的地方。

这会儿看到顾彩虹，她便拉着女儿到一旁轻声问：“雨牧呢？”

“他刚起来，在洗漱。”

许惠琳点点头，觉得可以趁这时跟女儿单独说说话。

“彩虹，你老实跟我说，昨天到底是怎么回事？为什么你们都会在之乔那里？”

她提到的恰好是顾彩虹不愿再回想的事，而且昨天发生的事她根本不知道，这让她怎么回答。

许惠琳口吻严厉，让顾彩虹莫名地觉得好似有一股电流侵袭她内心。

她很不喜欢这样的氛围。

"我……"

她还在组织措辞，许惠琳却突然抓住她的双手。许惠琳抓得很紧，让她感觉很不舒服。

许惠琳死死地盯着她，声音里的紧张兮兮让顾彩虹觉得有一丝病态："彩虹，雨牧不是一般的男人，有些事即使你不能接受，也别跟他闹，就睁一只眼闭一只眼懂吗？"

顾彩虹呆住，涩声问："妈，你什么意思？"

"前几天我碰到你夏阿姨，有听她说一些事。雨牧以前的女朋友回国了是不是？她说你们在沈芳的晚宴上闹了些事，不过他还是护着你的，这就够了。

"妈想说的是，像雨牧这样身份地位的男人，你别管得太严了，那样只会让他觉得你烦远离你，感情会不好……"

许惠琳的话让顾彩虹有一种从内心深处发出的厌恶，她也不知道这股强烈的情绪从何而来。许惠琳絮絮叨叨地教她如何"懂事"如何"大度"，让她觉得头皮发麻，倏然间有针刺一般的疼痛袭击了大脑。

她像被人重重打了一巴掌，眼前的景物忽然模糊起来，她甚至看见有一个小女孩被推搡在地上，正被毒打，小女孩发出一声声哀叫……

看到这一幕，顾彩虹手脚抽搐窒息，就像灵魂在被一片片地撕裂。

"啊！"

她捂着头尖叫一声，把许惠琳吓了一跳。

"彩虹……"许惠琳住了嘴，怔怔地看着女儿，女儿脸色惨白，整个人摇摇欲坠。

许惠琳正想扶住顾彩虹，却被一股大力推开。

“彩虹……”许惠琳惊讶地看着推开自己的女儿。

顾彩虹抬起头，用一种很冷很冷的视线盯着许惠琳。

许惠琳竟莫名打了个寒噤。

“你在教你的女儿和别人分享她的丈夫吗？”顾彩虹语气森然。

“你……”许惠琳惊疑，话都说不利索了。

顾彩虹忽然抓紧许惠琳的手腕，用力之大让许惠琳感到疼痛。

“然后呢，让她变得和你一样，把在男人身上受的气，发泄到小孩身上，让她像你一样毒打自己的孩子。贱人，这么多年了，你怎么还是这么贱……”

顾彩虹怨恨恼怒的话语，让许惠琳惊得浑身发抖。她不认识这个女儿了，而女儿的话句句戳心。仿佛想到什么最不堪的事，她竟抱着头尖叫起来。

“你有病你就自己去死！凭什么欺负自己的孩子，还要让她像你一样活着，真是卑鄙又可怜。你忍了这么多年，不还是看着那个小三登堂入室，看着他们卿卿我我，日子过得好得不得了，尽管你天天诅咒他们分离，可十几年过去了，只有你一个人可怜不幸，做了十几年的弃妇！”

“你别说了，你别说了！”许惠琳尖叫着，浑身颤抖泪流满面。

“彩虹！”戚雨牧匆匆跑过来，他刚从卧室出来就面对这样的状况，心思电闪雷鸣，很显然她又发病了，但是什么刺激了她，而且她对许惠琳的态度……

“睁一只眼闭一只眼？”顾彩虹冷笑起来，“一个男人如果朝三暮四，要女人息事宁人这算什么？许惠琳，把你这套恶臭到极点的歪理收起来。你作茧自缚了一辈子，还要你的女儿也重蹈你的覆辙？”

戚雨牧心上一震，下一秒，他敏捷地抱住了顾彩虹。

顾彩虹在他怀里挣扎，跟疯了一样。她似乎很想对许惠琳动手，这让他不得不抱住她。

“放开我！你这个臭男人，快把你的脏手拿开！你也要护着这个贱女人吗？你知道她打你的包子吗？那包子不知被她毒打过多少次。用扫帚用鞭子抽自己的亲生女儿，可真不是个人，畜生都不如对不对？”

听着她歇斯底里近乎凄厉的指控，戚雨牧心痛得不行。他不敢置信地看着许惠琳，她是疯了吗？竟这样对待过彩虹？

“那包子就该去死，都这样了还认她做母亲，还要照顾她，这种懦弱的垃圾活在这世上有什么意义？许惠琳，你哭什么？你看看我，我可不是那个包子，她死了，被你杀死了！”顾彩虹又笑又叫，尖锐的声音仿佛来自地狱。

许惠琳如受到重击，在剧烈的刺激之下，最后竟晕死过去。

“彩虹！”戚雨牧紧紧抱住顾彩虹，无法形容自己心上压抑的痛楚。他情不自禁地亲吻她，在她的挣扎反抗里捧住她的脸颊，不住地亲吻她安抚她，只想要给她全部的温柔，弥补她所受过的伤痛。

“唔……”顾彩虹在戚雨牧的钳制下挣扎，边打边骂，“戚雨牧，你放开我，别用你的脏嘴碰我，你……唔……”

她的话被他温热的嘴唇紧紧堵住。

有一瞬间，她觉得他的嘴唇好暖好暖，暖得像要融化她一样……她慢慢地软了身体，最后晕倒在他怀里。

顾彩虹觉得自己身上好疼，耳边有女人在声嘶力竭地尖叫哭泣：

“为什么，为什么你不再讨他喜欢一点儿？自你出生后，他就离我越来越远，都是因为你，是你不让他喜欢……他今天抱好儿的样子好温柔，他从来没那样抱过你。”

女人一边哭一边抓着扫帚打小女孩。小女孩蜷缩在那里，瘦削的身子瑟瑟发抖，母亲尖叫着，像是可怕的恶鬼，她真的害怕。

记不清是第几次了，每每母亲伤心到极处，就会像变了一个人，抓着她的一点错处打她骂她。可母亲不发作的时候，又是那么温柔，对她很好很好。

小女孩拼命地想母亲对她好的时候。她们的经济条件并不宽裕，可是母亲总是会对她说：“彩虹，明天想吃些什么呀？妈妈去买。”

她不喜欢看母亲愁眉不展的样子，也不喜欢看母亲伤心哭泣的样子，于是她总是拣那些最便宜的食物说，这样母亲可以毫无压力地买到，脸上就会有笑容。

小女孩蜷缩着，扫把抽到她的身上，留下一道道红痕。她还被母亲揪住了头发，母亲拼命地推搡她，就像她是一只滚来滚去的玻璃球。

疼痛无助惊恐害怕，小女孩抱着自己的脑袋，默默承受母亲的毒打。

“妈妈，我好疼，好疼……”

“彩虹，醒一醒。”戚雨牧听到顾彩虹的梦呓，擦拭着她脸颊上的冷汗，这一瞬他真的很想能够代替她痛苦。

顾彩虹整个人痉挛起来，戚雨牧急忙将她抱到怀里，不让她因为挣扎伤到自己。

渐渐地，她停止了挣扎，在他怀里幽幽地醒过来。

“雨牧……”

听到她困惑迷糊的声音，戚雨牧一颗紧绷的心才稍稍放松。

“彩虹。”他轻轻地叫她的名字，认真地看着她，分辨此刻占据她身体的是主人格还是副人格。

“我又发病了？”她闷闷的声音传来。

戚雨牧蓦地一悸，不由自主地搂紧了她，没有回答。

顾彩虹在戚雨牧的照看下，喝了一碗香糯的粥，还尝到鲜甜的汤包。

当然，这都归功于外卖。

胃里有了暖暖的食物，精神也更充沛了一些。

“你还会叫外卖？”她愣愣地看他。

“助理的功劳。”戚雨牧拿纸巾替她擦拭了一下嘴角，也不抢功。

他这个不经意的动作，惹得顾彩虹心尖一颤。

“雨牧……”她觉得该面对一些问题，“我怎么发病的……是因为妈妈？”

她的记忆空白了一片，只能记得许惠琳那些劝说她却让她很不舒服的话。

“嗯。”戚雨牧淡淡应了一声。

顾彩虹看不出他的情绪，一时间也不知该怎么问，她不想破坏这一刻他对她的温情。

“你小时候，她……经常打你吗？”戚雨牧终是艰涩地问了出来。

顾彩虹身子猛地一颤，戚雨牧随即握住了她的手：“对不起，不想说的话就别说了。”

“她第一次打我是在我十三岁那年。”顾彩虹晦涩的声音响起，“那一天她像是疯了一样用鸡毛掸子抽打我，我一边哭一边喊痛求她不要再打了，可她像是听不到，一直一直打我……”

讲到此处，顾彩虹忍不住打个寒噤，身体仿佛忆起那些痛楚。

“可第二天她清醒了，抱着我痛哭，一直说对不起，痛苦得就像要死掉，我好害怕会真的失去她……”

“不要再说了！”戚雨牧紧紧地抱住她，感觉她的身体像冰一样，她在发抖。

“‘她’还说了什么？”顾彩虹的声音脆弱又迷惘。

“她同你母亲发生了争执，还骂了你母亲。”戚雨牧思索了一会儿说道。

“她骂了什么？”

“说她不幸，说她做了十几年的弃妇……”戚雨牧终归没把最不堪的话说出来，他害怕顾彩虹承受不住。

“那……妈妈知道我的病了。”

顾彩虹忧郁的声音，让戚雨牧心痛。

“我离开时请了人照看她，你不必担心。”

顾彩虹躲在他怀里不语了。

“不要觉得内疚，你没有对不起谁，也不要怪‘她’，我相信‘她’只是想保护你。”戚雨牧轻轻捧起顾彩虹的脸，看着她的眼睛，“‘她’对我说过，‘她’想要保护你。”

他不想顾彩虹抗拒厌恶自己的另一个人格，这对她的病情没有好处。

“雨牧……”顾彩虹的眼睛湿了，怔怔地看着他。

午后，戚雨牧和顾彩虹一起坐在童瑞尔的诊室里。

把发生的事情大致地对童瑞尔说了一遍之后，童瑞尔要给顾彩虹做几项检查，戚雨牧便暂时回避。

整个诊疗的过程持续了一个多小时，戚雨牧一直静静地坐在外面。他回想这些天所发生的点点滴滴，整理自己的心绪。

从前若是有人告诉他“你以后的妻子会是一名精神病患者”，他可能会一笑而过，觉得天方夜谭。可真正遇上了，他扪心自问自己可以接受吗。

他一直是理智多过感性的，任何事情他的理智都能给予他一个精准的答案。这是第一次，他发觉自己的感情在理性之上给了他答案。

他的心早就告诉了他答案，并且是一个无从更改没有畏惧的答案。

他能接受她的一切，他知道或许以后的生活会变得不一样，一切都不再在他掌控的舒适区内，可他仍觉得义无反顾。他不会离开她，无论她变成何种样子，他都想……守护她。

这是爱吗？他不敢断言，经历过与林翎的那段感情以后，他发觉自己在爱情里其实只是一个初学者。他不懂的太多，所以他不敢轻言“爱”这个字。

他身边的人，他的父母，包括现在彩虹因为许惠琳而造成的不幸，都让他觉得“以爱之名”是一个多慎重的名词，否则那些伤害会侮辱了这份爱。

顾彩虹从诊室出来，脸上的神色平缓了很多。

戚雨牧站起身，轻轻握住她的手。她依偎到他怀里，他听到她轻柔的声音：“童医生让你进去一下，说有事要和你单独谈一下。”

她的话语里还有一丝担忧和不确定，他看到她那双乌亮的眼睛看着自己，那眼神里有希冀，也有害怕。

她在怕什么？是怕自己会抛弃她，嫌她麻烦，而不能接受她的全部吗？

戚雨牧一下读出她的内心，轻轻捧住她的脸，看着她的眼睛，只说了四个字："彩虹，等我。"

"嗯。"

他这样简单又肯定的一句话，已让顾彩虹心生暖意，让她的忧虑散了不少。

戚雨牧与童瑞尔面对面地坐着，这已经是他们第二次如此，童瑞尔不禁心底一叹。

他可以感受到对面男人身上那股坚韧沉稳的气势，不愧是芬永珠宝的年轻董事长。

"彩虹的情况，上次我们已经聊过一些，我现在是想问戚先生，你的想法怎么样，意志足够坚定吗？"童瑞尔也不见外，单刀直入主题。

戚雨牧安静地听他说下去。

"身为一个医生，我见过太多的病人家属。在面对精神病患者的时候，父母的耐心往往会比妻子与丈夫更好一些，这或许也是亲情比爱情牢固的一种证明。"

童瑞尔见戚雨牧依旧是淡定的神色，微微一笑："戚先生的表情好像很不以为然，我不贸然揣测你的想法，像戚先生这样事业有成的男人，可能觉得任何事都能在你的掌控之内。

"但作为医生，我必须要提前跟你说明，精神病患者的情况是很难掌控的，其中人格分裂的麻烦，不亚于那些你们通常所熟知的妄想症、精神分裂等等。换言之，她可能会'闯祸'。

“而你有把握一直包容她，为她的所作所为负责和善后吗？”

童瑞尔看着戚雨牧。

“她是我的妻子，我可以负责。”戚雨牧只简单地说了一句话。

这句并不花哨的话语，让童瑞尔的心又放下一点儿，他忽然觉得戚雨牧这个人，真的很有说服力。就是那种气场强大，而行动力也让你钦佩的男人，仿佛他说什么做什么，你都不能忽视，甚至当真。

一个人可以让人信服到这个地步，本身就是一种能力。

“好，我姑且信你。”既然戚雨牧给予他答案，那么他也不再有什么保留。

“我与彩虹定好了时间，每周会固定为她诊疗一次，她这个情况，吃药只是辅助，而每周的交谈和催眠治疗，有助于稳定她的病情。”

第十四章

guai ta yao fen chong ai

我觉得，我们以后
不用分房睡了

“你是她丈夫,是她最亲近的人,可以的话,希望你能多多陪伴她。”

“陪伴?”

“是的，家人的陪伴对病人来说是非常重要的……我很希望她的两种人格间能形成一种良好的移情关系，这是治疗的关键。

“不能让她的一个人格排斥另一个人格。你应当看出来，目前她的人格之间分裂程度较深，彼此互相都不喜欢。这对治疗是不利的。

“而她所信任亲近的人，在这其中的作用，就是鼓励她各个分离的人格之间互相交流。因为这种交流的过程，就是两者互相排除隔阂，互相接受，继而融合的过程。一旦两者和解，彼此之间不再有特别鲜明的需要存在的某种目的，那么病人的痊愈是有希望的。”

戚雨牧点头：“童医生，我听懂你的意思了。其实一直以来，我都没有把她的两个人格看作是两个人，在我眼里，她们都是彩虹。只是展露她不同情绪和需求的形象罢了。”

童瑞尔有些惊异地看着戚雨牧，未想到他能看得如此深刻，甚至一针见血。这是好事,他不但接受了,而且还有着最正确的态度来对待。

“戚先生，拜托你。”童瑞尔郑重地说。他也许逾矩了，因为他知道自己讲这句话不仅仅是作为一个医生，也是作为一个非常关心彩虹的男人。

戚雨牧没有表露出什么不快，他看着童瑞尔，点了点头。

从医院回来，戚雨牧还是安排了盛安跟随顾彩虹。

顾彩虹不由得有些尴尬，她小声问戚雨牧："一定要让他跟着我吗？"

"让他跟着你我比较放心。放心，他不会打扰你，你要去哪里都可以让他开车送你。他也不会妨碍你工作。"

"可他是一个男人。"顾彩虹小声抗议。他难道真的没有觉得不妥吗？哪有叫一个年轻男人跟着自己老婆的。

戚雨牧之所以挑选盛安，一是盛安可靠，二正是因为盛安是个男人。毕竟彩虹的副人格，敏感且冲动，接受过各种训练的盛安，绝对可以胜任保安这项差事，当然，必要时也可以制伏副人格。

这些话戚雨牧自然知道绝对不能对顾彩虹说，于是他选择了一种柔和的说辞："盛安是我的心腹，我很信任他。而且关于你的病，除了我，给再多的人知道并没有好处。这世上，封一个人的口是最难的。如果我爸妈知道了，对我们，还有顾之乔都没有好处。"

戚雨牧讲得很直白，顾彩虹不是任性的人，自然也明白其中的利害关系。

芬永珠宝董事长夫人是一名精神病患者，这件事传出去绝对会成为一桩轰动的新闻。

如果落到沈芳耳里，顾彩虹用脚趾头想都能知道，绝对不会善了。

戚雨牧所做的都是为了保护她。顾彩虹忽然深刻地领悟到了，于是她对这个安排再无异议。

她想了想，轻声说：“雨牧，你为什么不要我辞职？我以为出了这些事，最好的办法是让我乖乖待在家里。”

毕竟她在外面再惹什么麻烦，牵连到的人一定会是他。

“你是嫁给我，又不是被我囚禁。”戚雨牧捧起她的脸，修长的手指轻轻摩挲过她柔嫩的脸颊，“我还没那么自私。彩虹，别把我看成一个独裁者。”

“我没有，你不是。”顾彩虹头摇得像拨浪鼓，她怎么可能那么看他呢？她了解他，虽然不敢说全部，可他的好，她都知道。

只不过那些欣赏跟憧憬，她实在不好意思对他和盘托出。

那些被她小心翼翼收藏的浓烈感情，她真怕吓到他。他能接受她的病，她已经非常感激了，不敢奢求更多。

“彩虹，我只有一个要求，你的病，我们一起承担，我是你的丈夫，答应我，永远也不要把我排除在外。”

戚雨牧诚恳的言语，令顾彩虹眼睛发烫，视线渐渐模糊，隐约中她还可以看见男人认真坚定的面容，他的眼神是如此炙热，就像一团火，又是如此坚韧，铜墙铁壁，为她顶起整片天。

“你、你要放假？”程清河瞪大了眼睛，以为自己听错了。他刚刚听到什么？万年工作狂戚董居然说他要放假？

“不可以？”戚雨牧剑眉一蹙，只抬眼给了他冷冷的一瞥。

“当然可以。”程清河正了正神色，立马换上明媚的笑容。

戚雨牧收回视线，淡声说：“必要的事情我会处理，除此之外……”

“我明白，我明白。”程清河立马出声迎合，“那么你打算休假多久？”

身为一名副总，他还是要问清楚的。可能太了解戚雨牧的缘故，他知道戚雨牧会给出确切的答案，毕竟戚雨牧不是那种不负责的男人。

果然，俊美如画的戚董沉吟了一下，开口说：“半年？”

程清河突地一愣，他还没表态，就见戚雨牧嘴角微扬，似乎笑了一下，说：“就暂且先两个月吧。”

程清河在他这话里听出自嘲的意味，竟有一丝心酸：“雨牧，你要真的想休息得久一点，那就……”

一路跟随戚雨牧至今，知道这些年他是怎样一个工作狂，说实话也有些不忍，外人只看到光鲜，但本人到底快不快乐，又有谁管？

戚雨牧俊颜一冷：“不必了，再久有些人就坐不住了。”

程清河心中一凛，知道他说的是谁。

“程清河，就交给你了，别给我出乱子。”戚雨牧收起情绪。

“那当然了，不然要我这个副总干吗？”程清河顿时玩笑心起，不怕死地又说了一句，“雨牧啊，你要休假那么久，是想专心造人吗？”

他这无心的话却让戚雨牧噎住了，是真没想到这家伙会脸皮厚到说这种话。

于是，程清河撞大运地发现他家冷面的老板居然脸红了。

脸红了！那张一向面瘫的俊颜，爬上一丝霞色。

以程清河的灵敏程度，顿时嗅到了什么。他嘿嘿一笑：“那我在这边就先祝贺老板了。”

“出去。”戚雨牧冷冰冰地送他两个字，脸上的温度却一直没有降下来。

戚雨牧回到家的时候，顾彩虹正在做甜点。音箱开着，抒情的钢琴曲轻轻淙淙地流泻在屋里，有一种静谧放松的氛围。

他轻轻走到顾彩虹身后。她身上有股淡淡清新的香味，不是香水，他辨不明是什么味道，但他很喜欢，是能让他放松的气味，有一点雨天的气息。

轻轻流泻的钢琴曲，恬静的黄昏，让人慢慢放下疲惫，只觉得身心舒缓。戚雨牧又一次体会到这种很奇妙的家的感觉，而他知道自己十分喜欢。

“你喜欢做甜点？”

戚雨牧的声音在顾彩虹耳边响起，低低的、酥酥的，他的声音真迷人，顾彩虹又一次这么觉得。

“嗯，我爱甜食，瑞尔也觉得做这个对我好。”她的笑容很甜。

她称呼童瑞尔为“瑞尔”，戚雨牧心里有一点吃味，又觉得自己是否过于小气了，毕竟他们也算是朋友。

“我记得家里有料理机。”看她在手工揉面团，他轻轻蹙了眉。虽然他对料理不在行，但还是看到过用机器处理这些的，而他认为，他们家一定不缺这些机器。

“我喜欢揉面团。你看这张硅胶垫，粉色的对吗？面团在上面滚啊滚着的时候，就好像整理心绪。”她的声音轻轻甜甜，很治愈，让他想到深夜电台里那些节目。

“雨牧，你爱吃什么甜点？”顾彩虹问他。

“布朗尼吧。”戚雨牧思索了一下，声音十分柔和，“微微苦涩的口感，配上核桃却有一点点回味的甜。”

原来她的先生在吃的喜好上，是她的知音。顾彩虹心中愉悦，忍不住说：“我也喜欢布朗尼……最初学甜点的时候，我第一块做的蛋糕就是布朗尼。从小我就喜欢吃布朗尼，不过你知道的，那样小小一块蛋糕，在蛋糕店里也是卖很贵的价格。自从和妈妈单独生活以后，我们过得不是很富裕。但是生日的时候她会给我买一块，每一次吃那味道都能留在心里好久，越盼着越美味。”

顾彩虹温暖的声音带着怀念，戚雨牧出神地听着，又微微心疼。

“所以我刚学习甜点，就迫不及待想要做布朗尼，做出来的时候我高兴坏了，只想着以后要吃多少就有多少，再也不用去蛋糕店花那样大的价格只能买一小块了。”她不好意思地笑笑。

“第一次就成功了吗？”戚雨牧轻声问她。

“嗯，然后我就觉得自己很有天赋。现在想起来好天真，其实布朗尼的做法并不难，照着食谱应该失败率很低，但那个时候好激动，像个傻瓜一样嘴巴笑得合不起来。”她似乎想到了那时的那份喜悦。

戚雨牧注视着她清隽的侧脸，夕阳粉黛的颜色染上她眉梢，她的长发披散下来，有一种柔和恬静的美，让人心动。

“彩虹。”他轻轻唤她的名字。

顾彩虹听见男人低沉温柔的声音，心脏轻轻一动。她转过头，他倾身过来亲吻了她。

男人的嘴唇温暖炙热，空气中散逸着奶油甜点的香气，这个吻尝起来是甜的。

晚饭后，顾彩虹惊讶地看着戚雨牧把自己的枕头抱进她的卧室。

她听到男人的声音：“我觉得，我们以后不用分房睡了。”

“可是你……”不是喜欢清净吗？

顾彩虹真的有点转不过来，她忽然觉得，在她失去意识变成那个人的时候，发生了很多她不知道的事。

“雨牧，今天下午我给妈妈打电话的时候，她的语气有一点儿奇怪。”

戚雨牧不动声色地问她：“怎么了？”

“就……你能不能告诉我，不是我的那个她，到底对妈妈说了什么？”

“彩虹，你看着我。”

觉察到她的情绪又有一点激动，戚雨牧轻轻握住她的手：“你不要多想什么。那天你是和妈妈发生了争执，但也只是说起一些小时候发生的事。然后她得知你的病，你可以想象得到她的震惊跟伤心，我想她还很自责。之后我找了护士看护她，她的身体没有太大的状况，可是她的心情肯定和以前一无所知的时候是不一样的。她也需要平复心情。所以今天你们的对话，你觉得她不似往常，这是正常的。”

戚雨牧平平静静的一席话，果然缓解了顾彩虹心里的不安。

“我想要去看看她，但又不知道该不该现在去。”

那些阴霾丑恶的事情被揭露出来后，她也不知该怎样面对自己的母亲。

恨母亲吗？不能说完全不恨，如果不恨的话，又怎会产生副人格，又怎会有这样大的怨念。

可她本身又能理解母亲，甚至因母亲的悲惨而同情母亲。她们相依为命的这些年，她发自内心地想要照顾好母亲，尽到一个女儿的责任。她也在拼尽全力这样做，可世事往往与人所期盼的不同，终究出了偏差。

“给她一些时间，也给你自己一些时间。”戚雨牧轻轻搂住她，让她靠在自己怀里。

“嗯。”顾彩虹只觉得一颗心因他的温柔，不再那么空空荡荡。

夜深了，顾彩虹却还毫无睡意。她偷偷地看身边的戚雨牧，黑暗里，只能看到一个模糊的轮廓。

他轻沉绵长的呼吸声，让她安心。但她还是不太能适应，自己和他之间的这种转变。

过去的一年中，因为被迫结婚，戚雨牧一副很讨厌她的样子。即便现在，他了解到她当时出尔反尔是有原因的，也表现出与她和解，并且越来越像是她真正的丈夫的样子，她的心还是不确定，他真实的想法。

她知道戚雨牧是一个很有责任心，顶天立地的男人，可他对她的这份关心，到底是出于丈夫的责任？还是为之前误解她而道歉？抑或是真的开始慢慢喜欢她？

同时她也非常想知道，她的另一个人格到底与他发生了什么。

她直觉戚雨牧的转变，与她的另一个人格脱不了关系。

还有……

他还爱着林翎吗？

这是一个顾彩虹不敢碰触的问题。如果她有寿宴那晚的记忆，看见他是怎么对待林翎的，或许她现在就不会有这些疑问。可惜她没有经历过那些。

她与他的婚姻，没有恋情的基石。曾经她读到过一句话，爱情会让人忘记时间，而时间会让人忘记爱情。

那时间有没有让戚雨牧忘了他对林翎的爱情呢？

周五晚上，顾彩虹从工作室回来，发现戚雨牧居然在家。

她刚进客厅就看到男人身边的行李箱。

“你要去出差？”顾彩虹下意识地问。

想到他可能又要出门很久，她心里有着说不明的落寞。

下一秒，就听到戚雨牧的温润声音响起：“不是出差，我们去爷爷家度周末。”

“爷爷？”顾彩虹怔了一下。戚雨牧的爷爷戚天豪她只见过一次，还是在婚礼上。

戚天豪今年已经八十岁，一个人独居在江城的郊区。顾彩虹听盛安说过，那位老爷子过的是半隐居的田园生活。

戚雨牧要带她一起去？

顾彩虹的视线又落到他身边的行李箱上：“你不会连行李都打包好了吧？”

“Yes！”男人微微一笑，回答她。

“我的？”顾彩虹被他的笑容晃了下神，傻愣愣地指了下自己。

“要检查一下吗，戚太太？”

他这声戚太太太温柔太磁性，吸引着她如同失重的苹果，坠入万有引力。

窗外的风景飞驰而过，霓虹夜灯的世界五彩斑斓。

难得戚雨牧自己开车，只有他们两个的空间，顾彩虹打开电台，舒适的女中音流泻而出。

触目所及他俊美的侧颜，每多看一下，她的心跳就会怦怦加速。她忽然想到很久很久以前，在那个午后的咖啡馆，她偷偷看他的心情。

原来多少年过去，这份喜爱如初，他还是会这样牵动她的心跳。不同的是，他们更亲密了，他变成了她的丈夫。

“在想什么？”男人低醇的声音响起。

顾彩虹心里顽皮的小兔子蹦跳了一下，她不由得红了脸。

“爷爷是个什么样的人？”她轻柔的嗓音总是让人很舒服。

“他嘛，是一个很有个性的老人家。”戚雨牧想了想，回答她。

“我听说他很严厉。”顾彩虹想到戚雅颂曾跟她抱怨过，戚家像一座监牢。

也许是她不安的神情太明显，戚雨牧安慰道：“不用紧张，爷爷不会为难你。”

“雨牧，如果那个人，又忽然冒出来该怎么办？”顾彩虹其实还有这一层顾虑。毕竟是在陌生的环境，她情绪一紧绷，也许会发生一些无法控制的事。

“那更好啊，那是位女斗士，如果她出来的话，那我们戚太太就是战无不胜。”

戚雨牧这句回答令顾彩虹太过意外，他的接受力什么时候变得那么高了？

“彩虹，别抗拒她，记得童医生说的话吗？”他声音温润，有着奇异的抚慰作用。

“嗯，我知道了。雨牧，就麻烦你了。”

顾彩虹这种自然流露的信任口吻，让戚雨牧很受用。不擅长恋爱的戚先生都不禁疑惑自己这些莫名其妙的小雀跃从何而来，他从不是个喜形于色的人。

他们到达目的地的时候已经很晚了，管家告诉戚雨牧，戚天豪和一个老友外出，要明天才能回来。

第二天才能见到这位老人家，让顾彩虹觉得更好。

夜晚的庄园也有种静谧的味道，空气里有湿润的草木，就像天然的氧吧。

她发觉自己一下喜欢上了这里，这田园的宁静的氛围。

在管家的安排下，她和戚雨牧在一间很温馨的小厅里，围着火炉一起吃了一餐很美味的晚餐。

晚饭后，她和戚雨牧一起坐在火炉边，柴火在火炉里噼啪噼啪地响，她喜欢这静好的氛围。

戚雨牧主动搂住她，她没有一丝抗拒，自然得仿佛他们已这样做过无数遍。

“你要不要在家里也放一架古筝？”

戚雨牧忽然问她。

顾彩虹有些意外，就听戚雨牧又说：“你弹得很好，上一次在你家，你那架古筝岳母说太旧了，调弦的话，恐怕效果也不是很好，所以我想给你买新的。”

“不用了，雨牧。”

顾彩虹仿佛想到了什么不开心的事。

戚雨牧很明显地觉察到她的脸色变了，秀眉之间有些郁色。

第十五章

guai ta guo fen chong ai

没关系，
哪一面的你都是你

“彩虹，可以多告诉我一些你的事情吗，我想知道。”戚雨牧温柔地说道。

他柔和的语气让顾彩虹的心情回暖了几分。

“我大学的时候，在半工半读。”

“嗯。”戚雨牧搂她更紧了一些。

“我在咖啡馆打过很长时间的工。”也是在那个时候，遇见了你。后半句话顾彩虹在心里犹豫了一下，并没有说，这是她心里最深最甜的小秘密，“那个咖啡馆的老板很好，那里是我长久以来打得最稳定最安全的一份工。”

她用了“安全”两个字，让戚雨牧剑眉微蹙。

“其实我一开始做过古筝老师的兼职。”顾彩虹迟疑了一下，缓缓说出。

“那家琴室的待遇很好，但我遇到一个人，他总是对我动手动脚……”她咬了咬唇，不想对戚雨牧讲这样的事，觉得羞辱又难堪。

戚雨牧轻轻握住她的手：“别说了。”

他的存在奇异地安慰了顾彩虹因为回忆涌起的厌恶与疙瘩，心里慢慢地平静下来。

“后来通过学长的帮忙，找到咖啡馆的工作，就一直在那里了。”顾彩虹舒了口气，似乎摆脱了那些阴影。

“童瑞尔说过，那些对你不好的记忆，如果你愿意倾诉出来，也能够帮助你。彩虹，我愿意当你的倾听者，什么时候你想说一些事，都可以对我讲。”戚雨牧轻轻捧起她的脸。

他幽黑的眼睛认真又包容，让顾彩虹觉得安心。

她不由自主地闭上眼，将头搁在他肩膀上，这一刻，他就像她的守护神。

第二日清晨，戚雨牧随花匠老冯一起上山。

山上的空气格外好，老冯不时悄悄打量身边的戚雨牧：“雨牧，到花圃还有一段距离，要不你……”

他实在好奇戚雨牧是怎么了，一大清早跟他说要与他一起到山上的花圃看看。

老冯在戚家工作二十多年，算是看着戚雨牧长大的，他主动去花圃这种事可谓是破天荒头一次。

不过，戚雨牧面上鲜有表情，因此老冯也不好八卦。

顾彩虹醒来的时候不见戚雨牧，看到他留给她的字条，告诉她，他和花匠一起去花圃了，很快回来。

男人的字很好看，顾彩虹仔细地把字条收在了自己笔记本里。这个笔记本跟随她许久，在封皮的夹层里，也有一张泛黄的字条。仔细看的话，那字迹和戚雨牧今天的这张字条的字是一样的。

顾彩虹的手指轻轻抚过那字条。

这是她当年在咖啡馆偷藏的字条，没想到许多年后，他成了她的丈夫，而这一张字条，她收藏至今。

缘分真是最妙不可言，顾彩虹有些出神地想。她非常喜欢的一部电影《情归阿拉巴马》里面，男主问女主："你为什么要和我结婚呢？"

女主回答他："So I can kiss you anytime I want.（这样我随时都可以吻你。）"

这便是爱情最美好的样子了。

顾彩虹带着这种甜蜜的心情，洗漱过后，在庄园里散起步来。

白天的庄园，与夜晚时看到的完全不一样。

绿植成片，裁剪得体的园林，曲径通幽，一排排的草垛，看上去都像是艺术画廊。

精心配置的花，淡粉色与淡蓝色相映成趣。

顾彩虹暗想，这庄园里的花已经如此美丽，戚雨牧所说的花圃又是何等美景。

正当她沐浴晨光，呼吸着山林清新的空气时，突然听到一阵吵嚷的声音。

响亮的女声尤其鲜明，顾彩虹觉得有几分熟悉，循声望去，便看到了款款走来的戚雅颂。

“雅颂。”顾彩虹惊讶，脸上的笑容又甜了几分。

“彩虹，你也在这里？”戚雅颂显然很吃惊，在见到顾彩虹之后她烦躁的心情冲淡了一些，嘴角微扬，“好好好，那我这个周末就不会无聊了。”

她快步走到顾彩虹身边，握住顾彩虹的手，小声说：“我很久没回来了，爷爷一直看我不顺眼，等下他要骂我，你得帮我。”

顾彩虹只能微笑，心中无奈地暗想，我也只见过老爷子一次啊，论起来，没准比你更讨他嫌。

“小姐，行李是放到老房间吗？”有人在身后问戚雅颂。

戚雅颂点点头，挽起顾彩虹的手：“彩虹，走，我们去吃早餐。”

戚雅颂与顾彩虹一边吃早餐一边聊天。

在得知戚天豪外出还没回来之后，戚雅颂脸上的神色又舒展了几分。而听到戚雨牧去山上的花圃时，她更是哈哈大笑起来。

“戚雨牧睡醒了吗？太阳打西边出来了啊，他居然去花圃。”

“那里很特别吗，比庄园里的花还要多？”

顾彩虹不解的表情让戚雅颂笑得更欢。

“嗨呀，大嫂，你就等他带花回来给你好了。我那个不善言辞的堂哥是在搞浪漫呢。”

戚雅颂逗弄的口吻，让顾彩虹有些脸红，不过心里也多了几分期待。

两个人愉悦地吃完早餐，就听到管家来报："戚老回来了。"

戚天豪不是一个人回来的，还带了两个客人——林翎的爷爷和林翎。原来戚天豪昨天所谓的和好友聚会，就是和林翎的爷爷在一起。

戚雅颂看见林翎后，翻了一个白眼。

顾彩虹看见林翎，愉悦的心情也消散了。

戚天豪对顾彩虹的态度还算和善，但看见戚雅颂，脸当即一板，轻哼了一声："你还有脸回来。"

"您要是不欢迎我，那我马上就走。"戚雅颂也不含糊，顶着老爷子严厉的目光，倔强的话冲口而出。

"站住！说你两句就走这坏习惯是哪儿学的？阿强，给她篮子，让她去把地里的草莓收一收。一天到晚好吃懒做！瞪我干吗，几年不回来，摘点草莓给你爷爷吃，怎么你了？"戚天豪颇为严厉地呵斥。

顾彩虹倒是在他的态度里嗅出亲切的意味，能感觉到他其实很疼戚雅颂。

"雅颂，我和你一起去。"顾彩虹放柔了声音，轻轻拉住戚雅颂的手。

她就好像一块润滑剂，戚雅颂得了台阶，扯了下嘴角："好啊，我给您去摘，要吃多少摘多少。"

"贫嘴。"戚天豪骂了一句，但脸上的表情柔和了不少。

"爷爷，我陪你们去喝茶吧。"林翎见缝插针，对着两位长辈说。她根本不想去采草莓，等下日光会很厉害，她可不想晒，更别提和戚雅颂、顾彩虹在一起了，这两个人她都讨厌。

戚天豪瞥了林翎一眼，说了声：“也好。”

“看到了没？顶级绿茶，她就是怕晒，说得这么冠冕堂皇，还装出讨好的样子，我呕。”戚雅颂揽着顾彩虹的胳膊，想到林翎的神情就忍不住翻白眼。

顾彩虹拉了拉她，笑道：“走吧，大小姐，草莓在等我们。”

戚雅颂和顾彩虹在透明的暖棚里采草莓。

戚雅颂想到有趣的事，便问顾彩虹：“彩虹，我一直很好奇，你和我堂哥结婚前，有见过他吗？”

顾彩虹回答：“见过。”

“哇哦，你们见过？在哪里？那这样说你们不是包办婚姻喽？”戚雅颂连珠炮似的发问，“我就一直觉得，你喜欢我堂哥喜欢得过分哦，如果你们不认识，怎么可能一见面就这样。彩虹你知道吗？你看我堂哥的眼神满满都是爱哦，那份喜欢太明显了啦，虽然我堂哥是很帅。”戚雅颂咯咯笑起来。

顾彩虹被她说得害羞：“以前大学打工的时候，有见过他。”

“一见钟情？”戚雅颂惊讶又惊喜。

顾彩虹面颊发烫：“嗯……就很有印象，他总是坐在靠窗的位置，窗纱吹起的时候，他的侧颜在阳光里特别好看……”

“好浪漫啊，真没想到。”戚雅颂也觉得不可思议，“这样说起来，你们还真有缘分。”

“是吗？”顾彩虹怔了一下，但她想到的是，那时候戚雨牧并没有注意到她，他那时的恋人应该就是林翎吧。以前他每每出现在咖啡馆，她都不太留意他身边的朋友，只顾着留心他的一举一动了。若仔细想起来，那时候他和林翎开始交往了吧。

顾彩虹的心微微一窒。

“你看过林翎跳芭蕾舞吗？”戚雅颂自然不知道顾彩虹心里的想法，“虽然我很讨厌林翎，但不得不说她在舞台上的样子真的熠熠发光，就好像一颗明珠一样。那份美，看过的人都能感受得到吧，所以我也理解为什么堂哥那时候喜欢林翎。彩虹，你别太介意了，对以前的堂哥来说，林翎可能就是他在黑暗里看到的光，所以聪明如他，都有被蒙蔽的时候。”

戚雅颂的这番话，非但没有让顾彩虹宽心，反而在她心底激起不小的波澜。

黑暗中的光啊，这形容可真是独一无二。

以前那么重要的人，如今，他真的能够放下了吗？

戚雨牧和老冯从山上下来。

老冯看着身边捧着满手玫瑰花的戚雨牧，心里暗暗好笑。他忍不住鼓励戚雨牧：“小戚太太一定会很喜欢的。”

听了老冯的话，戚雨牧扬起嘴角，还带着一丝羞涩。

见状，老冯忍俊不禁，看来小夫妻俩感情很好啊。

带着晨露的玫瑰，娇艳欲滴，淡淡的花香拂过，就像戚雨牧忐忑又期待的心。这好像是他第一次送花给她。

“雨牧！”

一回到庄园，林翎便向戚雨牧跑了过来。

戚雨牧见到林翎，怔了一下，想要寻找顾彩虹的身影，可惜没有。

“你怎么来了？”他收了收花，偏过身子，不想和她靠得太近。

可惜林翎毫无避嫌的意思，看到戚雨牧手捧玫瑰在日光里英俊的模样，莫名让她想起从前他们相恋的时候。

记得有一次他也是带她来这里，他们去花圃看了花，那时候她很想要花圃的玫瑰，他却说还未成熟，让她不要做折花之人。

现在他却捧着大束的玫瑰站在这里。林翎想到某种会让她发疯的可能，难道他要把这些花送给那个女人？

怎么可能？他可是一丝不苟古板至极的戚雨牧啊！戚雨牧居然有一天亲自摘花送给女人？不会的！

林翎的心瞬间四分五裂，但她仍不想认输。她不顾他疏远的神色，越发靠近了他：“雨牧，你去了山上的花圃？这些玫瑰长得好美啊，你终于把它们摘下来了。可以给我一朵吗？我是跟爷爷一块来的，现在我爷爷正和你爷爷在下棋。”

原来是跟着林老来的。戚雨牧正了正神色，淡声说：“林翎，这些花不是给你的。”

林翎的心被重重一击，她幽幽地看着他：“雨牧，你真的一点儿情面也不讲了吗？从以前我就很喜欢花圃里的玫瑰，只问你要一朵，没什么别的意思。”

“抱歉，我不能这么做。林翎，我再说一次，你和我已经结束了。”

“为什么？人的感情那么容易就变了？雨牧，我后悔了，真的后悔，我那时候一心只想着跳舞，放弃你是我最后悔的事。”

林翎上前一步，紧紧抓住戚雨牧的手，那大束的玫瑰隔阻在他们之间，她看到戚雨牧平淡的脸上没有一丝波动。

“既然你已经做了选择，就该知道这世上没有后悔药。我的感情已经变了，对你不再有那样的感觉。既然你非要一个答案，就请你接受。我结婚了，现在只属于我的妻子，我希望你不要再做有失体面的事。”

林翎未想到戚雨牧把话说得如此绝情，她睫毛轻轻地颤动，只觉得自己一颗心都碎了。

顾彩虹远远地就看到那两人的身影，戚雨牧英挺修长的身影，他对面站着林翎，他们中间还有一大束鲜艳的玫瑰。俊男美女，配着鲜花，怎么看怎么偶像剧的画面，却让她觉得异常刺眼。

一时间，她连脚步都迈不动，只感觉自己呼吸困难，握着工具剪的手在轻轻颤抖。

“彩虹，你怎么不走了？”落后几步的戚雅颂拐出来，便看到一动不动的顾彩虹，接着她也看到站在不远处的一双男女。

“雅颂,我忽然有点不舒服,这些东西就麻烦你帮我拿回去好吗?”顾彩虹微弱的声音令戚雅颂怔了一下。

“好。”她来不及思索,顾彩虹已转身快步走了。

戚雅颂微眯了眼望着那对男女,真是容易让人误会的画面。林翎,果然是个祸害!

下一秒,她便看到戚雨牧扯开了林翎。

戚雅颂心想,喔,原来真的是误会啊。也真是,如果彩虹晚走一步就能看到这一幕,就不会伤心了。

戚雅颂勾起嘴角快步上前:“戚雨牧。”

她声音之大,让那两个人同时回头看着她。

戚雅颂放下手里的草莓桶,似笑非笑地走近两人:“堂哥,你在这里干什么呢,这个样子可不太好看啊。”

发现林翎正瞪着她,她也浑不在意,双手抱臂:“林小姐,日头那么大,你现在不怕晒了吗,那不如和我一起把这些草莓提回厨房呗。”

“你……”林翎岂能听不出她话语里的讽刺。

戚雅颂又转头看戚雨牧:“别傻站着了,你老婆都被气回卧室了。”

戚雨牧怔了一下,看了看手里的花,明白过来一定是被误会了。

他转身就往屋里走。

“雨牧……”林翎还想叫他。

“林翎,几年不见,你辛苦维持的高雅姿态大不如前了啊。”戚雅颂声音淡淡的。

“戚雅颂，你别太无礼了。”

“不是啊，现在是有人比我更不要脸。那有人脸都不要了，对不要脸的人我们就不要维持礼貌了吧。”戚雅颂笑着，一双眼睛从上到下地打量林翎。

林翎被看得脸颊发烫，亦感到愤怒跟厌恶。

她跟戚雅颂一直不对盘，现在居然被戚雅颂说得哑口无言。她瞪着戚雅颂，最后也只能毫无气势地回一句：“与你何干。”

戚雨牧敲了敲房门，并没有听到顾彩虹的回应。

他将玫瑰拢好，推门走了进去。

顾彩虹在房间里，然而她背对着他，正对着镜子在抹口红。

戚雨牧很快觉察到不对劲，是因为她挑选了艳丽的颜色，简直涂抹出一张血盆大口。

这不是彩虹的风格。

“彩虹，你……”他微微沙哑的声音，令那个涂口红的顾彩虹回头看他。

果然，又是那双冷艳犀利的眼睛。

这次是因为他吗？因为他把彩虹的主人格给气走了，这个副人格跑出来是要保护她吗？

“这些花好恶心，气味让我作呕，扔掉。”顾彩虹冷冷地看了眼戚雨牧手中的玫瑰，露出不屑的神情。

戚雨牧心口窒了一下，幽深的眼睛仍旧坦诚地看着她："这些花是我早上去花圃，特地为你摘的。"

"为我摘的？"顾彩虹似笑非笑地看了他一眼，随即冷笑一声，"看来那个包子也不想要啊，如果不是她难过得要死，她能让我这么轻易地出现吗？"

她冷冷重复这两个字："扔掉。"

戚雨牧呆呆地捧着玫瑰，看着顾彩虹那张布满敌意的脸，他薄唇微抿，最后将花扔进了垃圾桶。

"我扔了，你能让她再出现吗？"戚雨牧轻声问。

"她没用，既然没用又何必存在。"顾彩虹冷冷地回答。

"你喜欢她的。"

戚雨牧忽然说出一句让这个副人格极度反感的话。

她瞪着他，这个男人所说的每一句话都让她觉得刺心。

"你如果不喜欢她，就不会想保护她。你根本不讨厌她，只是在用你自己的方式守护她。"

"戚雨牧，你闭嘴。"她尖声道。

戚雨牧轻轻一叹，蓦然靠近她。

她因男人的靠近而神情紧绷："你干什么？"

他幽黑的眼睛凝视着她："没关系，哪一面的你都是你，彩虹，你是我的妻子。"

她脑海中"嗡"的一声。

她实在很讨厌这句话，然而男人低沉的嗓音像是会幻惑人，令她思绪一时空白，竟说不出话来。

戚雨牧轻轻地牵住她的手：“爷爷在叫我们了，出门吧。”

“戚雨牧,我为什么要配合你？你还敢让我出门？”她忍不住反抗。

戚雨牧竟轻轻一笑，深邃的目光看着她：“彩虹，出去要面对的那些人里，有很多不看好你的人，林翎也在，你讨厌这些人，可是你确定要在他们面前丢脸吗？”

顾彩虹微眯了眼，静默不语：“戚雨牧，你很会迷惑别人。”

“我只是无论何时都维护你，无论是你，还是那个你讨厌的‘包子’。”

戚雨牧微微一笑，从善如流地回答她。

看着男人伸出的胳膊，她不发一语，终是挽了上去。

客厅里，戚天豪和林子谦收了棋局。尚未到午餐时间，管家便让保姆把刚刚摘下的草莓洗净摆上，两位老人很有兴致地聊天吃茶。

林翎和戚雅颂不对盘，也不看对方。

“雨牧呢？”戚天豪想到这个不太见面的长孙，他准备叫上戚雨牧一起去打高尔夫。

“子谦，等下我们去打几局？”

戚天豪比画了下发球挥杆的动作。

“戚爷爷，您想让雨牧一起去？那林翎也陪你们去好不好？”林翎一脸灵动的表情，惹得她爷爷林子谦一阵大笑。

戚雅颂正想说话，就看到戚雨牧和顾彩虹一起走了出来。

顾彩虹挽着戚雨牧，神情清冷，而她的烈焰红唇让戚雅颂怔了一下，呃，好像从未见过彩虹如此浓妆呀。

是吵架了吗？彩虹的神色看着也未免太冷了些。

戚雅颂心里嘀咕着。

第十六章

guai ta guo fen chong ni

医生，帮我拿掉这个孩子

“雨牧，等下我们陪爷爷去打高尔夫球吧。”林翎看到戚雨牧，便娇声询问。

戚雨牧微一皱眉，转而问身边的顾彩虹：“彩虹，你想去打高尔夫吗？”

顾彩虹淡淡地摇了摇头。

戚雨牧便微微一笑，看向戚天豪：“爷爷，我不去了，我还是想多陪陪彩虹，难得有假日，带她来这边就是想放松一下。”

戚天豪心里是有些暗暗吃惊的，何曾见过戚雨牧这么体贴的样子。他不动声色地看着他们两个，淡声说：“也罢，你自己做主。”

林翎显然很不高兴，她急着兴师问罪：“顾小姐，难得大家聚在一起，戚爷爷最喜欢和雨牧一起打高尔夫了，他们相聚的机会也少，你何必扫大家的兴呢？”

戚雅颂暗自翻个白眼，乖乖，这反客为主的人也太嚣张了吧。她刚想说话，就听到顾彩虹轻轻一笑。

顾彩虹在艳丽的妆容下，气质和往常完全不一样，她现在的神情有一些倨傲，又有一些嚣张。她似笑非笑地看着林翎：“是戚太太。

林小姐，我丈夫就在身边，何必故意叫我顾小姐。”

哇！戚雅颂内心忍不住喝彩一声，有气势！

“你、你什么意思？”林翎觉得有些下不来台，换作一副楚楚可怜的模样。

顾彩虹纤指轻叩桌面：“本来去打高尔夫也没什么，但你势必要去的。而去了现场之后，你一定会各种故意摆出熟络，以对我展示你对戚雨牧有多了解。也对，毕竟你们一起长大。但我对这些没什么兴趣，也不想听你讲任何你们过去的故事。那会让我想起寿宴那晚，你故意泼我一身酒。这样的事情我们彼此都不要再遇到才好，林小姐，你说对吗？”

顾彩虹，你好勇敢！戚雅颂在心里为顾彩虹欢呼。

林翎青红的一张脸让戚雅颂差点绷不住笑出声，是真的，她从未见过林翎这么狼狈。

然而顾彩虹这些话未免太不客气，林翎的爷爷首先不高兴了：“你这个小辈说的是什么话，你说我孙女什么？天豪，你们家的孙媳是不是太不懂礼数？”

顾彩虹秀眉一挑，正想说话，却被身旁的戚雨牧轻轻握住了手，只听他道：“林爷爷，我替彩虹道歉了。不过她说的也正是我想说的，家母寿宴那晚彩虹被泼了一身酒的事我一直无法释怀。如果不是看在戚家和林家多年至交的情面上，这件事是不可能就这么算了的。

“林翎从小被呵护着长大，她性格里的任性您是知道的，但我希望她也能学着成长，以后不要再做出对我妻子不礼貌的事。”

林翎听了他的话竟掩面而泣，抽泣道：“她明明也泼了我，为什么变成我一个人的错？”

“谁先动手就是谁的错。”

戚雨牧冷静的声音打破了林翎最后一丝妄想，她从没如此深刻地意识到她失去戚雨牧了，他真的对她再没一点儿情意。

真相是如此残酷冰冷，令她的眼泪流得更凶。

顾彩虹冷冷一笑，她觉得眼前的场面像在看猴戏，很是不屑。她没兴趣看一个心机的女人表演嘤嘤嘤，又觉得戚雨牧表现出来的维护和深情也很令人作呕。

说到底，她不相信男人，不论戚雨牧表现出有多维护她在乎她。包子是因为痛苦而支撑不下去了，才让她有机会出来。而包子为什么痛苦，答案显而易见。

顾彩虹细微的眼神变化被戚天豪捕捉在眼里，他微微蹙眉。

没有吃午餐，林子谦和林翎就告辞了，戚天豪也没有多留。高尔夫球场终是没能去成，不过戚天豪把戚雨牧单独叫到了书房，想跟他谈一下。

“雨牧，彩虹有什么问题？”

爷爷忽然问出的话，让戚雨牧乍然一惊。

“和我说实话，不要让我再费劲自己去调查。刚刚我看到了，那个彩虹和早晨替我去摘草莓的彩虹截然不同。你爷爷我在商场驰骋那么多年，看人的本事不需要再和人比，那绝对不是同一个人的眼神状态。我只问你，到底怎么回事？”

戚雨牧抬头看他：“爷爷，其实您已经猜出了几分不是吗？是的，她们是两个人，但她们又都是彩虹。所以，您应该知道了，彩虹有精神疾病，是人格分裂。”

戚天豪听孙子讲出来，内心还是被冲击了一下。他深吸一口气，缓缓神问：“你发现多久了？”

“没有很久，但已经和她一起去看过医生。”戚雨牧如实回答。

“顾之乔故意隐瞒？”戚天豪的声音微微严厉，提到顾之乔这个名字的时候，难免不屑。

“是，但彩虹不是故意为之。她过去三年都不曾发病，以为自己痊愈了，没机会同我讲。”

戚雨牧情不自禁为顾彩虹辩解的话语，让戚天豪沉默地看了他一眼。

“看来，你已经做好选择了？”他问戚雨牧。

“从来没有什么选择，彩虹是我的妻子。”

戚雨牧的回答令戚天豪暗暗吃惊。

“你知不知道自己会面对什么？精神疾病并不会像你想的那样容易，到最后如果连你自己都被拖入泥沼，你还有信心承担吗？”戚天豪的声音颇为严厉。

“我会承担。”戚雨牧坚定地重复。

“你爱她至此？”

“是。”

“据我所知，这一年来，你都对她不咸不淡，一直在国外。”戚天豪淡淡地刺了他一句。

戚雨牧看着爷爷：“我不辩解，是我误会她太多。这一年来，我很差劲。”

“所以现在是看清真相后的一头热？”

“不是。”戚雨牧断然否定。

“真爱？”老爷子斜睨了自己的孙子一眼。

戚雨牧低头想了一下：“您要这么想也可以。其实我也不确定爱到底是什么，一直感觉自己还在学习。只是越了解越在意，越在意越心痛，还有她让我体会到家的感受，我想要和她在一起，建立一个属于我们的家庭。她是我的妻子，我的心是这么告诉我的。”

戚天豪听后久久未语，半晌才说：“你的理由，我接受了。我会替你保守这个秘密，你该知道，这件事如果让你母亲知道，会是什么后果。她绝对会搅出一番腥风血雨来。”

“爷爷……”戚雨牧有些意外戚天豪能这样平静地接受。

“你小时候见过戚家很多事，确实，摩天大厦并非一天筑就，那些阴暗不能启齿的东西，我很后悔让你看见了。我这把年纪，也折腾不了什么，只想我的孙子能够幸福，既然你认定她是你的幸福，那就好好把握。”

“她值得。”戚雨牧轻轻回应。

戚天豪面上泛起淡淡的笑意，却故意皱着眉骂道：“出去，别在你爷爷我面前肉麻，搞得我都想念你奶奶了。”

戚雨牧回到房间，顾彩虹正在衣柜里挑选衣服。

“你想外出？”他觉得放任她这样出去肯定不是一个好主意。

“就这么几件衣服，谁打包的行李？”顾彩虹一边看一边嫌弃，挑选了半天没一件能入眼的。

“你喜欢什么样的？”戚雨牧忽然好奇。

“我喜欢能突显身材的，不然多可惜。我特别喜欢那种裙摆开衩，走起路来若隐若现，可以展示我的美腿。”

这是什么衣品？

戚雨牧听得皱眉，又坚定了几分不能放她出门的念头。

“彩虹，我们谈谈。”他放低了声音，柔声喊她。

“我不想谈。戚雨牧，你知不知道你很烦？”顾彩虹皱眉，负气地再看一眼衣柜，气呼呼地坐到了床上。

她实在太不满意了。

她这样难得俏皮的神情让戚雨牧心底微漾，他哑声问：“你对我就没有好奇吗？”

“好奇什么？”她不以为然，“你很有钱，对吧？”

戚雨牧啼笑皆非："我对你来说只有这点意义？"

"我说了我讨厌男人，别让我一再重复。"

"你为什么讨厌男人？"戚雨牧眼神变深，认真地问她，"是因为你父亲吗？"

"戚雨牧，你再说下去就要惹人厌烦了。"

"所以说，我对你来说，还不算在厌烦的行列？"

"你那么喜欢抠字眼？"她嗤之以鼻。但不知为什么，面对男人近在咫尺的俊颜，她好像做不出什么过分的举动来。

她应该甩他一巴掌，再踢他一脚，让他滚远点，可是她发觉她好像什么都做不出来。

"那我问你，你为什么喜欢林翎？你们以前交往过。"她转而攻击，不喜欢在他面前示弱。

戚雨牧怔了一下，沉默片刻才说："那是很久以前的事了，我和她一起长大，一直把她当成妹妹看的。如果你要问我，怎么开始和她交往，那可能是因为许多杯加奶的咖啡。"

在听到"加奶的咖啡"几个字的时候，顾彩虹心里好像被什么东西狠狠撞击了一下，有模糊的影像在她心里面汹涌，太阳穴隐隐刺痛。

"我学生时代很喜欢和朋友聚在学校旁边的咖啡馆里，那时候她总喜欢跟着我，默不作声地为我点一杯加奶的咖啡，比例刚刚是我的口味。可能因为这杯久而久之的咖啡，我对她的感觉开始变了。能够长久地被一个人关心在意，对我来说是很珍贵的。虽然我长在戚家，但这个家并不像外人所想象的那么温情。”

戚雨牧很坦诚地对顾彩虹诉说自己过去那段感情，但顾彩虹的脑袋里已经开始有异常尖锐的噪音，有什么东西像是要拼命地跳跃出来，她忍受不住地用手捂住脑袋。

戚雨牧被她忽然的变化吓了一跳：“彩虹，你怎么了，哪里不舒服？”

她面色忽然发白，额角有隐隐的汗水，抿着嘴唇仿佛在忍受什么。他当即抱住她，想要寻找手机联系医生，但当他这么做的时候，她已倏然晕倒在他怀里。

顾彩虹醒来的时候天色已经暗了。她有些迟疑地分辨着周围的情景，这是庄园的房间，她和戚雨牧仍在庄园？

“你醒了。”戚雨牧过来扶起她，拿一只软枕垫在了她身后，让她靠着。

“我给你倒一杯热水。”男人低沉清悦的声音，总是有安抚人心的作用。

顾彩虹轻声开口：“我……又犯病了？”

戚雨牧看着她的眼睛，捧起她的脸，仿佛要把她看得清楚。

顾彩虹想着他是不是在确认她是谁。

这个想法让她一点儿都不开心，她忽然不敢想象，在她发病的时候，戚雨牧要面对时常转变的两个她，会是什么感受。

“雨牧……”顾彩虹一时眸中带雾，她难过又失落，只觉得自己是他的麻烦。

他明明是这样出色的一个男人，每天有那么多的事要处理，却还要分神来照顾她，这让她无比自责。

“别乱想，你没有给我造成麻烦。”戚雨牧像是知悉她内心所想，竟一语点破。

顾彩虹用像小鹿那样清澈又无助的眼怔怔地看着他。

戚雨牧心疼，不由自主地伸出手，轻轻抚摸过她的长发。

“那个彩虹并没有做什么出格的事，你放心。”料想她会担心这一点，他语带安慰地说。

“我一点儿都不记得她的事。”她摇摇头，只觉疲惫，“刚刚是她跟你去见爷爷了吗？”

戚雨牧点点头。

“那爷爷……”顾彩虹轻轻咬唇，实在很担心。

戚雨牧笑起来：“她表现得很好，爷爷还挺喜欢她的。你可能不知道，爷爷私下欣赏那种小辣椒的性格，因为我奶奶年轻时也是那种个性。所以他还觉得挺亲切的。”

顾彩虹略宽了心，却又一点都笑不出来。细想起来，她始终觉得自己是个怪物，这太奇怪了不是吗？有两种不同的人格，另一个人格用她的身体做着她不知道的事。

“爷爷知道你的病了。”

顾彩虹一惊。

“别担心，他支持我们，还答应了暂时替我们保密。”

“雨牧……”顾彩虹眼睫盈泪，那种拖累他的感觉再度盘旋。

“彩虹，你只要和我站在一起，相信我就好，不要觉得自己是我的负担。我说过，你的一切我都可以接受。”

“可我真的很怕……”她怕给他造成不可挽回的麻烦，怕他因为她痛苦。她深吸一口气，看着他的眼睛，“我不想你因为我，遇到什么不好的事情。那一个不能控制的我，我真的不知道她会做出什么事来。”

她认真亦深情的言语，令他内心震动。

戚雨牧牵住了她的手，凝视她说：“彩虹，你看着我。那个彩虹，其实和你一样，她不坏，所以不会做出伤害别人的事。你要试着接受她的存在，因为她只想保护你。”

顾彩虹痴痴望着男人，忽然投入他怀中，紧紧地抱住了他。

“雨牧，我爱你。”

她突如其来的告白，令戚雨牧内心震颤不已。

周一，戚雨牧一大早就接到来自程清河的电话。

“程清河，你知不知道休假的含义？”

“大佬，抱歉抱歉，不过这件事实在事出突然。东京的展览出了岔子，有个文件需要你亲自签发一下。我安排了杰瑞过来，跟嫂子说声对不起。”

他这下半句话让戚雨牧莫名俊脸一红，好端端提什么嫂子，这家伙脑子到底是些什么废料。

于是，戚雨牧板着脸回答他：“你让杰瑞准时过来。”

“遵命。”程清河回答。

“你有事就去忙吧，今天的体检我可以自己去，只是例行的检查而已。”顾彩虹就在戚雨牧身边，听到了他和程清河的对话。

昨天晚上他们从庄园回家，本来今天戚雨牧是打算陪顾彩虹一起去做体检的。

顾彩虹已经知道戚雨牧休长假的事，多多少少有些高兴。虽然男人没有说，她也知道他是为了自己才休假的。

长久以来，她还从未见过戚雨牧休假。而这个例外，是因为她。

“今天盛安也不在。”戚雨牧总觉得不妥当，“听清河的意思，我得去东京两天。”

“雨牧，别把我当成病人，我现在情绪很平稳，可以自己去医院。只是去例行体检，不是什么大事。”顾彩虹不想看他这样为自己担心，有时候关心多了，也会成为彼此的负担。

戚雨牧读懂她的心思：“那你记得给我打电话，随时保持联络。你的手机上有定位软件，我怕你……”他怕她的另一个人格会带着她消失不见。

“不会，我不会离开你。”顾彩虹忽然轻轻拥住了他，投入他怀中。其实她跟他有着同样的担忧害怕，她不想离开他，一点儿都不想。

“我会随身带着手机，方便你随时找到我，即便没法通话。”

她轻柔的声音，换来戚雨牧在她额头上一吻，接着又吻上她的唇。

顾彩虹脸颊发烫，羞涩地想要快点结束，却被戚雨牧囚住身子，结结实实地抱在怀里。

一通缠绵悱恻的吻好不容易分开，顾彩虹气喘吁吁的同时，脸热得可以煎蛋了。

她为男人的亲昵心神荡漾，对方亦是如此。这样黏黏糊糊的牵挂，让两人的心境都有些奇异的变化。他们的相处越发和谐，也越发像一对平常夫妻。

“怀孕？”顾彩虹震惊地看着一脸和蔼笑容的医生，“我……”她说话都有些结巴。

“是的，戚太太，根据检查结果显示，你怀孕了，七周左右，时间还短，你自己没有察觉很正常。”

“可是我一直在避孕。”顾彩虹心跳如雷，分不明是喜是悲，只觉一颗心跌宕得厉害，人也晕乎乎的。

“避孕不是百分百的。”医生一脸常见的口吻。

“医生，我、我最近在服药，这些药对孩子……”顾彩虹倏然想到了什么，脸色一白，有些惊慌地看着医生。

医生怔了一下，看着她说：“请把药物列给我看一下。”

顾彩虹不知道自己是如何忐忑地等待医生的结果的，她脑海里一团混乱，好像又有什么东西像要使劲地钻出来。

她拼命地抵抗，害怕是那个“她”想要出来主导她的行动。

不是现在，现在她要听关于她孩子的事情，这是对她极为重要的事情。

医生的神情有几分凝重：“戚太太，你这个药物，药性较温和，一般不会对胎儿造成很大影响，因为没有明确的致畸案例。不过鉴于你说你服药的时间比较久，如果谨慎而为的话，你也可以选择不要这个孩子。作为医生，我不能百分百地保证。我建议你和先生商量一下。”虽然他心里有几分惊异，这些药都是开给精神病患者服用的，戚太太有什么问题需要服用这个？

顾彩虹神情恍惚，想要掏出手机打给戚雨牧，但她一双手颤得厉害。

她怀孕了。可是因为她的病，她的服药可能已经对孩子造成了伤害……

这种认知如同荆棘的尖刺一样深深鞭打进顾彩虹心里。

瞬间，她被剧烈的痛苦跟内疚填满，怎么会这样？雨牧，是我伤害了我们的孩子吗？

“戚太太，你没事吧？”医生有些担忧地看着她。

顾彩虹深呼吸，要自己镇定。她说：“没，我没事，医生，我想要给我先生打个电话。”

“好的，你请便。”医生站起身，留空间给顾彩虹让她和丈夫商量。

戚雨牧是他们这里的VIP贵宾，对他的太太，这位医生自然是不敢怠慢，他走出诊室的时候，还特意带上门。

医生离开后，一阵尖锐的头痛蓦地攫住顾彩虹，手机从顾彩虹的手里脱落掉地，她痛苦地捂着自己的脑袋，哀声道：“不，你别……你别出来，我求求你，不要伤害我的孩子。”

医生站在外面和护士交代了几件事，看了下时间，觉得戚太太应该已经和戚先生商量得差不多了，便重新回到诊室，准备听取顾彩虹的结论。

“戚太太，你考虑得怎么样了？如果戚先生还想多听几位专家的意见，我们也可以安排。”

“医生，帮我拿掉这个孩子。”

顾彩虹清晰的声音传到医生耳朵里，让他微微一怔。

只见顾彩虹坐在那里，神色倨傲冷静，和方才那种茫然脆弱的样子判若两人。

“那戚先生……”医生有些不安。

顾彩虹盯着他，微微一笑：“我刚打过电话，这也正是他的意思，请尽快给我安排手术。”

第十七章

怪物，
你是怪物，怪物

戚雨牧根本没有想到，他仅仅是去东京两天，竟会发生那么大的事情。

前一天晚上，他跟顾彩虹打电话的时候，并没有听出什么不妥。现在想来，一定是那个副人格的彩虹伪装成了主人格的样子，令他听不出异常。

他从盛安处得到消息急速赶往医院，可惜他到的时候，顾彩虹已经完成手术。

盛安满脸愧疚：“戚先生，对不起，我得到消息晚了。”

“孩子……”戚雨牧心神一晃，有些不能接受这突如其来的冲击。

“医生已经给太太做了流产手术。”

戚雨牧高大的身形晃了一下，慢慢地在椅上坐了下来。

盛安不敢看戚雨牧此刻的神情，他还从未见过老板这样惨白如纸的脸色。

“她怎么样了？”盛安听到戚雨牧低哑的声音。

“太太人没事，因为她孕期尚短，手术也很顺利。”

“她……为什么……”

戚雨牧声音沙哑，听得盛安都觉得难过。

“医生说是太太自己的意思，她很明确地要求医生给她动手术，还说是和您商量后的意思。”

戚雨牧闭了下眼，深吸一口气：“你带我去见她的负责医生。”

“是。”

“所以，你的意思是孩子也可能不受药物影响？”

医生被戚雨牧身上极低的气压影响，暗自思忖难道戚先生根本不想把孩子打掉？

思及此，医生不禁浑身冷汗，他不敢说谎：“戚太太服用的药物比较温和，算是妊娠安全范围内，但因为她说她服药的时间较长，从医学角度，我们也不能百分百保证孩子不受影响。我把这些都告诉过戚太太，她说要给您打电话。之后她对我说要拿掉孩子，说是和您商量后的意思。”

戚雨牧背脊有些僵硬，其实他现在十分无力，但他仍强撑着。他轻轻揉了下太阳穴：“我太太在病房？”

“是，手术完成得很顺利。其实真的是很小的手术，戚太太怀孕七周，这个时间做流产伤害是最小的。”医生忍不住补充。

“她需要休息多久？”

戚雨牧沙哑的声音，竟让医生听得有些不忍。他仔细看这位异常俊美的戚先生，芬永珠宝是赞助他们私立医院的大股东，他不敢怠慢。

“其实戚太太今天就可以回家，但谨慎起见，您也可以让她留院两天,之后半个月内不要做重体力的活动,一个月内都不要有夫妻生活，十天后再请她来医院检查一下。”

“让她留院休息。我现在可以去看她吗？”

“当然，您请。”医生就想着快点送走这尊大神，心里也是忍不住嘀咕，就是一个很小的手术，可这种豪门嘛，他也知道的，里面复杂的事情多着呢，看来光是选择要不要孩子这点，这戚太太和戚先生就没达成一致呀。

不过他也真的很好奇，戚太太到底是患了什么病，那些成分的药物似乎和精神病相关。

“我太太服用精神类药物的事，你……”

戚雨牧还没说完，这位医生急忙点头，忙不迭地说：“戚先生，放心，我绝不会透露任何隐私，我明白的。”

戚雨牧看了他一眼。

这一眼已足够让这位医生感到压迫。

他暗想果然还是不能被漂亮的脸蛋所骗啊，难怪这位戚先生年纪轻轻可以领导芬永珠宝，是真的可怕。

顾彩虹醒来的时候，就看到了戚雨牧。

他看上去有些憔悴，坚毅的薄唇边甚至有一圈淡淡的胡楂。

“雨牧……”她怔怔地唤他，有些搞不清现在的状况。

“彩虹，你知道这里是哪里吗？”戚雨牧见她醒了，一只手轻轻地抚上她额头，撩过她的碎发。

顾彩虹莫名有种不安，她环顾四周。

“医院？”她心跳加快，只感觉那种压抑和不安的感觉更甚了。

“我……”她脑海中仿佛有什么闪现了一下，倏然想到医生跟她说她怀孕了。

她张大嘴巴，愣愣地看着戚雨牧：“雨牧，我、我怀孕了……”

戚雨牧见到此情此景，也完全明白那个选择不要孩子的人，一定是她的副人格了。

但这样的话，彩虹知道了会不会受不了……

戚雨牧心头一颤，他的手抚摸过她脸颊：“嗯，我知道了，彩虹，你休息一下，等下我们再说好吗？”

“不，告诉我，出了什么事？”顾彩虹声音发颤，她发觉自己的手在输液，而她的腹部似乎有些隐隐的不适。

“是孩子吗？”她惊恐地想到某个可能，脸色唰地白了。

戚雨牧俯身轻轻按住她，吻着她的额头：“彩虹，没事的，你静静地听我说好不好？”

顾彩虹晶莹的眼睛里积蓄了泪水，颤颤巍巍地看着戚雨牧。

戚雨牧狠狠心，哑声说：“医生刚给你动了手术，孩子没有了。”

顾彩虹呼吸一窒，眼神倏然呆了一下。

他忍不住轻轻地托起她，把她抱入怀里：“没事的，别伤心，这也是为了你好，医生也说了药物可能会对孩子产生影响。”

“是她做的决定对不对？是她对不对？”顾彩虹声音发颤，有种崩溃的歇斯底里，又似十足的怨恨。

他从未见过她这样嫌恶另一个人格的自己。

戚雨牧忽然有些害怕，他搂紧顾彩虹：“彩虹，冷静点，嘘，听我说，别难过，我没有怪你，你的身体要紧。”

“我恨她！我恨她！她杀了我的孩子！”顾彩虹忽然尖叫地哭泣起来。

戚雨牧听着她撕心裂肺的哭声，也感觉自己的心像被撕碎了一样。

但他只能抱着她，不断地安抚。

他的唇轻轻吻上她的眼睫，她的额头，她的面颊，最后是她的唇，只能用他的温柔安慰她。

“彩虹，没关系的，我们还会有孩子……”这一刻，比起孩子，他更怕失去她。

“你滚，你滚，你不要出来！”顾彩虹忽然尖叫。

“你叫我滚？我是在保护你懂不懂？你想给这个男人生小孩？男人都是不可靠的，你要和那个贱女人一样，悲惨度日？”

戚雨牧惊惧地看着顾彩虹自己跟自己对话，还是用截然不同的口气，显然是在主人格和副人格之间不停地转换。

戚雨牧紧紧地抱住了她，眼睛也湿润了，他哑声道：“彩虹，你醒醒吧，彩虹，不要离开我。”.

她这样失控分裂的模样他从未见过，这一刻他真的很害怕。

一直守在外面的盛安，隐隐听到病房里的动静，忍不住走进来。

就看到顾彩虹如此歇斯底里的模样，他也吓呆了。

“联系童医生。”戚雨牧抱着顾彩虹，回头看着盛安。

盛安整个人一激灵，急忙点头。

他又再度紧紧合上病房的门，找出童瑞尔的电话号码，打了过去。

人格不停转换的顾彩虹似乎终于累了，戚雨牧看她渐渐安静下来才稍稍安心了一点，他刚才真的很怕。

“彩虹，闭上眼睛，睡一会儿，我在这儿陪你。”

“你别走。”顾彩虹声音脆弱。

是她的主人格在出声。

戚雨牧轻轻吻了下她的脸颊，握住她的手。他小心翼翼地翻身上床，陪她躺在了一起。

顾彩虹听到男人低沉温柔的声音：“我哪儿也不去，再也不离开你，永远不离开，就在这儿陪你。”

顾彩虹混乱的脑子如一团糨糊，她觉得自己不能思索。

她累极倦极，意识开始模糊，最后在他怀里睡了过去。

林翎特意打扮了一番来拜访沈芳，谁知她还未走进晨厅，就有隐隐的争吵声传来。

她听到沈芳气急败坏的声音：“你说什么？她刚做了流产手术？”

林翎脚步一滞，只觉一口气上不来，就又听沈芳说：“疯了，全疯了，阿立，给我备车。”

“是，太太。”

“这里的资料给我放好，不要让任何人进我的晨厅。”

听着沈芳的脚步声，林翎福至心灵般往角落一躲，匆匆走出的沈芳和阿立谁都没看见她。

戚家祖宅此刻空荡得很，沈芳和阿立走后，立马像一个空灵的幽灵境界一般，连人影都没有。

林翎咬唇飞快地蹿进晨厅，她知道阿立去给沈芳备车了，她要赶在阿立回来锁文件前，看看沈芳到底有什么秘密不想让任何人知道。

“顾彩虹，疾病名称：DID,Dissociative Identity Disorder, 俗称解离性认同障碍，癔症性的分离性心理障碍。最早发病时间：十六岁。”

林翎脸色惊骇，瞪着面前的这份报告。瞬即她听到走廊传来的声响，立马悄声退出。

她对沈芳的晨厅跟戚家已经十分熟悉，从晨厅边侧的小门溜出，而进来的阿立，丝毫没发现她来过。

戚雨牧和童瑞尔在顾彩虹的病房外交谈。

“戚先生，目前这个状况可能不是很好。你刚才所说的她的两种人格交替出现，这是一个危险信号。”

童瑞尔的话跟戚雨牧心中的猜测吻合。童瑞尔看着他担忧的样子，沉声道：“这次流产的经历应该对她打击很大。她的两个人格做出了不同的抉择，很明显她的主人格并不想那么做，我怕对她是个重大打击，她可能会对治自己的病更加没信心，也会更加排斥另一个人格。”

戚雨牧听得心沉，童瑞尔又说：“目前我们只能尽量不要刺激她，还有暂时别放任她一个人行动了。如果她醒过来情绪还是失控的话，则需要入院治疗了。”

戚雨牧点点头，正想对童瑞尔说什么，就听到身后一道严厉的声音：“雨牧！”

沈芳神色凌厉地踩着高跟鞋走过来。她盯了眼关闭的病房门：“顾彩虹在里面？”

“您要做什么？”戚雨牧上前一步，拦住她要开门的动作。

“你让开，我当然是要和她说清楚一些事！她居然有精神疾病，隐瞒了自己的病嫁给你，这不是骗局是什么？他们全家都在诈骗我们戚家。顾之乔真是疯了，敢对戚家做这种事，敢把这样的女人嫁过来！”沈芳越说越气，语声也异常尖锐。

童瑞尔听得皱眉，而戚雨牧一把拉住了自己的母亲：“妈，您跟我来这边。”

他给了童瑞尔一个眼神，童瑞尔明了地点点头。

戚雨牧将自己的母亲带走。

“戚雨牧，你是不是疯了，吃错药了吗？你知道这事多久了，居然瞒着我和你父亲，你还想包庇那个疯女人？”这间空病房里只有沈芳跟戚雨牧，她对儿子的做法实在非常恼火。

“不管你用什么手段查到了这些，我的沉默应该已经告诉你我的选择。”戚雨牧看着自己的母亲。

她歇斯底里的样子很难看，但戚雨牧并不会觉得吃惊，因为他早已见过她更丑陋的模样。

“你……”沈芳被戚雨牧说得哑口，也是气到噎住。

“彩虹是我的妻子，我爱她，所有她的这些问题就是我的问题，我不需要您替我做什么决定。我说得够清楚了吗？”

沈芳身子颤了一下，不敢相信从小到大虽然冷淡但从未失礼过的儿子，会这样对她讲话。

“妈，您以前做过的那些事，我不问不说不代表我不知道。您伤害过的那些人我不认识不熟悉，但现在如若您对彩虹动手，做什么伤害她的事，就别怪我不念母子之情。”

“戚、雨、牧！”沈芳气到发抖，他居然敢这样威胁她。

“彩虹是我最爱的女人。”戚雨牧注视着她的眼睛，再一次清清楚楚地告诉她，“我不会原谅有任何人伤害她，即使那个人是您。”

“你也跟着疯了吗？她这种精神病，谁知道哪天会做出些什么事来。孩子是她打掉的，打得好，生下来还不知道有没有问题。”

“住口！”戚雨牧忍无可忍。

口不择言的沈芳震了一下，她真的从未见过儿子这种模样。

"不要再说这些诋毁她的话，也不要去刺激她伤害她。她的情况，爷爷也知道，爷爷是接受她的。我只提醒您这最后一次。如果不想爷爷把以前的老账都跟您算一算，我想您应该明白自己怎么做才是最好的。否则，最后被赶出戚家的那个人，可能会是您。"

"你这个孽子！"沈芳怒极，一巴掌甩在他脸上。

戚雨牧静静地受了这一巴掌，低下头，沈芳只听到他低沉的声音："我从没求过您什么，只有这一次，求您千万不要去伤害她。"

沈芳整个人僵在那儿，恍然间仿佛有种崩塌之感，一直以来她所骄傲所信赖的那些，仿佛转眼都成了空。她的儿子，居然为了她最恨的女人许惠琳的女儿堕落至此。

不知怎么的，沈芳就想到了"报应"这两个字。她惨兮兮地笑起来，耳边仿佛听到很多凄厉的声音在控诉：

"沈芳，这是你作恶的报应，报应啊……"

她晃了下身子，戚雨牧下意识地想去扶她，却被她推开。

他就这样看着自己的母亲，颓丧地离开，一瞬间，她的背影仿佛苍老了许多。

顾彩虹醒来的时候天色已晚。病房里静静的，她睁开眼就看到守护在她身边的戚雨牧。

"雨牧。"她轻轻唤他，才发觉自己的声音沙哑无力。

戚雨牧用棉签蘸了一些纯净水在她干涩的唇上，温声问："要不要喝点水，你嘴唇好干。”

顾彩虹点点头，试图坐起来。

戚雨牧便将她扶起，将插着吸管的温水递给她。

顾彩虹默默地喝水，戚雨牧替她擦了擦嘴角，就像对待个小孩子那样问她：“身体觉得怎么样？”

“没什么不舒服的。”顾彩虹看着男人有些憔悴的脸，心脏默默一抽，一股酸涩与疼惜，让她说不出话来。

“我躺上来可以吗？”戚雨牧低声问她。

她不知道她在他眼里脆弱无助的样子，令他心疼至极。

顾彩虹点了点头，戚雨牧便躺到她身边，抱住了她。

顾彩虹依偎在戚雨牧温暖的怀里，心口仿佛被注入了些许热量，好像没那么冷了。

她听到戚雨牧低柔的声音：“彩虹，不要难过了，孩子的事，未必是不好。我刚和医生详谈了下，他说药物是有可能对孩子造成损害的，所以我们尽早拿掉这个孩子，也是对孩子负责。我们一直都有避孕对不对？所以这次怀孕是意外，更不是你的错，只能说，现在的我和你，都没有准备好要这个孩子。”

听着他一句句轻柔安慰的话语，她的心在抽搐，那股浓浓的内疚感始终摆脱不掉。

她死死咬着唇，哑声说：“还是我的错，如果我没有病，这些事就都不会存在。”

“顾彩虹，不许再说这样的话。”戚雨牧倏然捧起她的脸，他温柔的嘴唇亲吻上她。

这是十分柔情的一个吻。

顾彩虹从他幽深的眼睛里，看得到他的真诚跟深情。

他低沉地说：“做这种假设没有意义。你的病，我们所遇到的事，就是我们的人生。没有如果不这样会怎么样的说法，你这样的话，所有遭遇意外的人，他们也都责问自己如果不这样就好了，这没有意义，对不对？不要把错都推到自己身上，你听我说，孩子的事我一点都不怪你。我们顺其自然好不好？对我来说，最重要的是你，彩虹，你明白吗？我爱你，我最不能忍受的是你的痛苦，你的不幸。”

“雨牧……”顾彩虹扑进他怀里，紧紧地抱住他，汹涌的泪水浸湿了他胸口。

戚雨牧只能让她哭着，只希望她把伤心的泪水，在今夜流尽。

已经是从医院回来的第三天，顾彩虹一直表现得郁郁寡欢。但她的另一个人格也并没有出现。

戚雨牧对顾彩虹的安静和沉默感到不安，他私下和童瑞尔商量后，决定带顾彩虹出门散散心。

半夜，戚雨牧醒来的时候看到顾彩虹一个人站在窗边。

她不出声，模样纤细脆弱。

戚雨牧没来由地感到恐惧，就好像她会忽然消失一般。

“彩虹。”他轻轻地唤她的名字。

顾彩虹回过头，看向戚雨牧。

戚雨牧触到她那双悲伤的眼睛，心上一窒，向她伸出双手：“过来。”

顾彩虹安静地走过来，乖乖地投入他怀中。

她这样的乖顺，他却并不觉得快乐，此刻的她是一株易碎的菟丝花，他好怕她突然崩溃。

“彩虹，你有没有特别想去的地方？”戚雨牧下颌轻轻蹭着她的头发，紧紧地搂着她。她的身体很冰，他想用自己的体温温暖她。

顾彩虹听着男人的声音，脑海里莫名地闪过一些光点，模模糊糊波光粼粼，她好像看见了一个身影。

“海……海边。”顾彩虹脱口而出。

戚雨牧捧着她的额头轻轻一吻：“好，我们去海边。你想看海是不是？”

看海吗？顾彩虹迟钝着，接不上话。她的脑海里有一片蔚蓝的大海，随着男人的声音，她仿佛看到了晃动的海水。

那究竟是什么呢？

海边。

阳光沙滩，风景宜人。从海岸餐厅眺望海平面，远处海天相接的地方，日光的折射太美了。

顾彩虹出神地望着那处风景，戚雨牧亲吻下她的脸颊：“彩虹，你在这里等我，我去房间拿防晒衣，等下我们去散步。”

“好。”顾彩虹的视线落到男人脸上，难得地对他泛起一个微笑。

戚雨牧感到欣慰，童瑞尔的建议有效，来海边度假的这几日，她的精神确实好多了。

戚雨牧离开时还不忘用眼神跟吧台的服务生示意，服务生对他点点头。戚雨牧怕自己离开后顾彩虹出什么问题，因此早就跟服务生打过招呼，让对方帮忙看一下顾彩虹，确保她不要离开餐厅。

戚雨牧走后，服务生时不时注意一下不远处的顾彩虹，但见她似乎很惬意地喝着青柠汁，没有一点反常的样子。

这时，一个身材窈窕的身影坐到了顾彩虹对面，服务生见是一个大美女，看她们俩似乎聊了起来，他便收回了视线。

顾彩虹惊讶地看着坐在自己面前的林翎。

她怎么会来这里？

“顾彩虹，见到我你很惊讶？”林翎穿着一袭绿粉色的比基尼，下身一条流苏长裙，一副来海边度假的惬意模样。

“你有什么事？”

顾彩虹承认，她一点都不想看见林翎。她和戚雨牧这次出来，只有两个人的简单旅行，连盛安都没跟着，林翎怎么会知道他们在这里？

“沈伯母告诉我的。”林翎微微一笑。

在林翎的笑容里，顾彩虹看出得意和炫耀，她的情绪有些绷紧。

“顾彩虹，你有精神病。”

林翎的这句话，更是让顾彩虹呼吸一抽，攥紧了手心。

林翎盯着她：“你太可怕了，带着这样的精神疾病还敢嫁给雨牧，算是欺诈吗？听闻你刚做了流产手术，还算有点自知之明。像你这样的人，生下来的孩子也一定会有问题。你还想拖累雨牧到什么时候？”

她的每一句话都像刀片一样切割着顾彩虹的心，顾彩虹的呼吸急促起来，她听不得这些。

“你……”

林翎看着她倏然苍白的脸，神情厌恶：“你别再害雨牧了。他为了你的病，为了照顾你，带你游玩散心，你知道浪费了他多少时间，耽误了他多少事情。芬永珠宝现在都由戚伯伯出面主持了，就为了你这样一个有分裂人格的怪物！”

“怪物”这两个字就像魔音一样穿透顾彩虹的耳膜，令她整个灵魂震颤起来。

她……她是怪物吗？

“像他这样的男人，被传出妻子是一个精神病患者，是多大一桩丑闻啊？有多少人会笑话他？还有，你在发病的时候确定不会伤害到他吗？会不会有一天出现一个新闻——芬永珠宝的年轻继承人被妻子杀死？”

林翎咄咄逼人的每一句话，让顾彩虹的身体不禁颤抖起来，顾彩虹只感觉思绪空白，脑海里有一个尖锐的声音一直在对着她喊：“怪物，你是怪物，怪物！”

林翎察言观色，发现不远处吧台边有个服务生一直在看向这里。

她不动声色地站起身，装作若无其事地离开，离开前再度狠狠瞥了一眼神色木然的顾彩虹。

真是个疯子，她现在这副呆滞的模样，令人作呕。林翎不屑地想。她不配得到雨牧，她根本配不上他，她甚至连一个正常人都不是。

顾彩虹只觉得头痛欲裂，她趴到桌子上，一只手像痉挛一样捶着桌面：“你别出来，怪物，你滚，你滚啊！”

她异常的举动吸引了服务生的目光，他忍不住走过来：“戚太太，你还好吧？”

顾彩虹抬起头，那模样把服务生吓了一跳，她的样子让他想到自己看过的恐怖片，疯狂又偏执，叫人害怕。

他正想联络戚雨牧，便听到了戚雨牧焦急的声音：“怎么回事？”

“戚先生，你来得正好，你太太她好像有些不舒服，一直在捶桌子。”服务生如蒙大赦。

戚雨牧发现顾彩虹脸色苍白，不由得蹲下身轻轻抱住她：“彩虹，你怎么样，哪里不舒服？”

“雨牧……我头痛，好痛……她……她要出来了。”顾彩虹抱着脑袋微弱地出声。

戚雨牧心如刀割。

他立刻一把抱起她，也不顾周围人的眼神，就这样将她抱出了海岸餐厅。

回到房间，戚雨牧急忙去给顾彩虹找药，等他将水和药物递到顾彩虹面前的时候，却见她的神情已平静了不少，没了方才的痛苦。

“彩虹，你怎么样？”他试着叫她，并且在分辨着现在主导顾彩虹身体的是主人格还是副人格。

“雨牧。”顾彩虹清楚地在男人脸上读到了担忧焦虑，那种牵心挂肠的关切，让她的心脏狠狠地痉挛了一下。

从没有一刻感受到这样的酸楚，她连累他了，她在连累他。

“我好多了。”顾彩虹幽幽的声音，空灵得仿佛没有灵魂。

戚雨牧俯下身，轻轻地揽过她：“乖，吃了这片药，我们睡一下好吗？”

“嗯。”顾彩虹点了点头。

她张开嘴当着戚雨牧的面服药，却在戚雨牧转身给她拿纸巾的时候，悄悄将药吐出，扔进了垃圾桶。

戚雨牧抱着顾彩虹一起午睡。

看着她在自己怀里沉沉睡去，他才轻轻松了一口气。他思考着，可能要走到童瑞尔所说的，送她进医院治疗的那一步了。

“没关系，无论怎样我都会陪着你，彩虹。”戚雨牧亲吻了下她的额头，轻声承诺。

顾彩虹听到身边人绵长的呼吸声，知道他睡着了。

她睁开眼，看着男人近在咫尺的俊美容颜。

他真好看啊！

她的手指轻轻划过他的眉眼，他有一双迷人的眼睛，他的瞳眸在日光的折射下会呈现淡淡的琥珀色，就好像秋天住在了他的眼睛里，温柔干净而清澈。

顾彩虹出神地瞧了他好一会儿，闭上眼于他唇上印下一个吻。碰触到他温暖柔软的嘴唇，她的心也跟着悸动跳跃，一滴清泪随着她的吻落在戚雨牧脸上。

顾彩虹悄悄地起身，静立地看了他片刻，转身离开。

酒店后面不远处有一片私人海滩，这里鲜有游人，海水的颜色也更为深湛。

顾彩虹幽幽地走过去，出神地望着海面。

那深蓝色在眼前不住地晃动，她慢慢地走进海里，海水一点儿一点儿地漫上来，在眼前跳跃的颜色变成深黑色，她整个世界的颜色都阴沉下来，就像被一片黑暗所覆盖。

好熟悉的感觉，她迟钝麻木的思绪里，莫名感到熟悉，就好像曾经体验过这种黑暗混沌湿冷。

她闭住气，继续一点儿一点儿地往前走，海水渐渐没过她的嘴巴、鼻子、眼睛，再到额头。

轰然一声，一大股水没入耳朵的声响，整个世界都闷住了，那种安静并不让人感到舒服，而是一种窒息得不能呼吸的安静。

但是，这应该是她的归宿。她想要这样结束，不再拖累任何人。她真的很累。

“彩虹，彩虹……”

好遥远好遥远的声音，是谁在叫她？

她觉得有一点熟悉。

戚雨牧惊魂失色地往海水里冲，拼命地向她游过去。

看到海水把她小小的身影吞没的时候，他感到自己整个呼吸也好像被吞噬了，静止的世界里只剩下一个名字：顾彩虹。

他拼命地向她游过去，机械地重复着划水的动作，他发觉自己根本不能思考，惊恐占据了他所有的情绪。

不，他不能失去她，不能！

意识模糊的顾彩虹感觉自己被一股巨力狠狠一拽，然后一股新鲜的空气倏然被灌进嘴里，原本死寂的世界好像瞬间被打破，重新鲜活起来。

她恍惚地睁开眼，刺眼的日光里，她模糊地看到一个身影。

她想要看得更清楚一点儿。

“彩虹。”她听到男人的呼唤声。

他的声音是那么熟悉，他的怀抱也是那么熟悉，炽热的鲜活的有力的，和她死气沉沉的冰冷截然不同。

恍惚间，她听到了那年的那个声音："喂，你振作一点，醒醒，马上就上岸了。女孩子家家，生命那么美好，你看阳光海水，它们都在救你……"

好吵，她想要发脾气，想要让他放开她。他是她最讨厌的雄性生物，她才不要被他碰，更不要被他救。

为什么要来妨碍她？她被吵得睁开眼睛，刺眼的阳光让她视物模糊，但是渐渐地，那张脸清晰起来。

是一个眉目舒朗的男人，他好英俊，英俊得像神祇一样。他的剑眉，他的薄唇，他脖颈那颗细小的痣，都是这样清晰。

这张脸好熟悉，他是……

戚雨牧！

回忆与现实交叠在一起。

"雨牧！"顾彩虹倏然紧紧抓住了他。

见顾彩虹恢复了意识，戚雨牧心中的惊惧退散了一些。

"彩虹，彩虹。"他紧紧环抱着她，带着她往岸上游去。

"是你，是你……"她一边像疯了一样模糊地呓语，一边把他抱得更紧。

戚雨牧虽不知她在说什么，但至少她还活着，他没有失去他最珍惜的她。

第十八章

guai ta guo fen chong ai

我爱你，
不要忘记我

戚雨牧带着顾彩虹游到岸上，他打量着她，想要确认她的状况，未料她倏然抖了一下，仿佛痉挛一般。

戚雨牧吓了一跳，正想要喊人帮忙，身体再次被顾彩虹紧紧地抱住。

“彩虹……”戚雨牧轻轻捧起她的脸，查看她的神色。

她湿透的脸清透干净，眼睛幽深。

这是另一个人格的彩虹。

“你……”

男人刚开口，便被一直很讨厌他的副人格的顾彩虹深深地堵住了嘴。

她在吻他！

这个认知让戚雨牧十分震惊，这个顾彩虹有厌男症他知道，只是现在是为什么？

顾彩虹捧着他的脸，眼睛熠熠有神：“原来是你！”

戚雨牧仍未从她想要自杀的恐惧里回神，他认真地看着她，紧紧抓过她像无尾熊一样攀着自己的手：“你在做什么，你答应过我……”

戚雨牧有生以来第一次语无伦次，直觉让他害怕，她想要轻生这个念头，让他很痛苦。

“戚雨牧,你保护了她。”她看着他的眼睛,她还是一副冷艳的模样,但语气又比平常亲切了几分。

“我当然要保护你。你说错了，是我没保护好你，否则你连这样的机会都不该有。”戚雨牧自责和后怕，他感觉自己糟透了。

“我不是她。”她叹息一声。

“在我眼里，你就是她，她就是你，你们是一体的，都是我想要保护的人。”戚雨牧认真地回答她。

她笑了，倏然捧起他的脸，盯着他：“你还记不记得我？”

戚雨牧哑口无言，不清楚她在问什么。

不过，今天这个副人格顾彩虹仿佛特别好说话，对他的态度和以往完全不同。她语气轻快地解释：“你想想，你以前有没有也这样救过一个女孩，某个暑假的时候。”

她盯着他：“那时候的你特别唠叨，把人救上来之后还一直说教，叫我不要想不开，生命有多美好……你那个又蠢又呆的样子我永远记得。”

戚雨牧怔了一下，搜索记忆。

他忽然想起他大四那年的暑假，确实是救了一个人。其实他本身话不多，但是救人救到底，仅一次化身话痨，喋喋不休地说教轻生的女孩。

他愕然地看着顾彩虹：“那个女孩是你？”

“是我啊。”她对他展颜而笑，“可惜你很快就走了，我想找你都找不到。沙滩日光，刺眼又模糊的你，我好想把你的脸记得很清楚，却什么都不记得了，所以找不到你……”

戚雨牧突然想起童瑞尔曾经跟他讲过的——彩虹对我说她要去见一个人。

难道那个人就是自己？

他一直心里面暗暗吃醋的那个人，竟是自己？

原来她一直在找的人是他！

“直到刚才，几乎一模一样的情景，日光里你的眼，刺眼又模糊，你的五官你的轮廓，我看到你脖子上的那颗痣，就是你！”她又凑过来亲吻了他一下。

戚雨牧被这个冷艳的顾彩虹吻蒙了。

发生的事情太多，而他不确定她现在是好还是不好。

“别再做这样的事，彩虹，我刚刚……快要死了。”戚雨牧抱住她，下颌轻轻蹭过她的发旋，沙哑的声音仍有一丝颤抖。想到方才的心悸与心慌，他真的无法再经历一次。

他终于找到这个世上他最怕的事，在以为要失去她的那刻，他发觉他都意识不到自己的存在，只感觉周围的一切都在分崩离析。

他捧起她的脸，凝视着她的眼睛，哑声说：“不管你是哪一个彩虹，都是我爱的那个女人。你以后做任何事，能不能想一下我？想一下这个世上你并非孤独一人，还有我，想要和你一起，无论怎样都想要和你一起。”

顾彩虹清澈的眼睛闪着泪花，她在笑，笑得那样恣意那样生动快活。她伸手抚摸着戚雨牧的脸颊：“戚雨牧，我相信你了。你和我一样想要保护她，我在想，她以后可能不需要我的保护了。”

戚雨牧因她的话而屏息，怔然望着她。

她的双手环住他的颈项，凑过来又亲昵地吻了吻他：“怎么办，我忽然有一点嫉妒，你以后要是见不到我了，还会记得我吗？”

戚雨牧听清了她的话，他虽然不明白这意味着什么，但是他轻轻搂住她：“我说过，无论是你还是她，你们对我来说是一体的，都是我的彩虹，我爱那个她，也接受这样的你。”

“不觉得我是怪物？”她笑着流泪。

“你不是。你是我的妻子。”男人的一只手轻轻拂过她眼睑，擦拭她的眼泪。

她紧紧地抱住他：“那我不把你还给她了。”

“……”

戚雨牧无法回答这个问题，他只是同样深情地拥住顾彩虹。不同于她的是，他内心那份失而复得的庆幸与激动，让他无比感谢上天，没有造成不可挽回的后果。

“你不恨我吗？孩子是我跟医生说要打掉的。”她想到什么，倏然抬头看他。

戚雨牧在她的眼里看到了痛苦，她并非像她所说的那样坚不可摧，她的心和主人格一样柔软。

“不是那个包子的错，那时候是我在主导。”她声音有一丝嘲涩的痛。

“我不恨。彩虹，你听好了，那件事是个意外。孩子是你和我都没有料到的，我们没有做好准备。你还在治疗，还要服药，就算你和我商量，可能我的决定是和你一样的。因为我不确定现在的你，能否承受怀孕的过程。所以由我来做决定，我会和你做同样的选择。”

“可是，包子很想要。”她低下头，声音里竟带着脆弱和迷惘。

“以后，等我们准备好了，还会有的。”他轻沉的声音如这大海，沁入她心田。

她浑身一颤，痴痴地看她。

戚雨牧低头亲吻她的额头：“所以，不要再自责了，你不是怪物，孩子的事更不是你的错。你想到的，你害怕的，我都能理解。你年少时的遭遇，让你害怕孩子会和你有一样的遭遇是不是？你指责自己是个怪物，其实是在害怕自己会控制不住伤害孩子。但是，彩虹，这一点，我永远都相信你，绝对不会伤害自己的孩子。因为你是这样善良。

“真正的你，不管是现在的你，还是那个你想要保护的自己，都是如此善良。所以你绝对不会有伤害自己孩子的那天，更不是一个怪物。”

“戚雨牧……”她泪流满面。

她忽然觉得很倦很倦，男人的话，像是一种救赎，让她身上的枷锁消失不见了。

她感觉有什么在抽离自己的身体，她抱住他，闭上眼虔诚地将自己的唇印上他的唇：“我爱你，不要忘记我。”

呓语之后，她瞬间失了力，昏死在戚雨牧怀里。

第十九章

真好，你那么早就喜欢我了

顾彩虹仿佛在一个无尽隧道里走了很久，她花尽所有力气，却总也走不到头……

所以，她睁开眼睛的时候是感到万分疲累的。

晨曦下，首先映入眼帘的，就是那张熟悉得让人屏息的俊美脸庞。

只是，他看上去好憔悴。

“雨牧。”她动了动唇，唤他的名字，这一出声才发觉自己的声音嘶哑得不行。

戚雨牧冲她笑了，他的手指轻抚过她脸庞，低沉地轻语：“你终于醒了。”

“我睡了很久吗？”顾彩虹发觉自己的思维好迟钝，脑袋里如同一团糨糊。

她在想发生了什么。

而后想到那片海，她的呼吸窒了一下。

“你想起来了？”戚雨牧观察着她的神情，握住她的手。

“雨牧，我……”她一瞬间有些不能面对他。

“没有下次，否则我永远不会原谅你。”戚雨牧轻沉的声音，沉沉地撞入她心海，让她不得不面对他的眼睛。

“你救了我？”她哑声问。

戚雨牧在她额上一吻：“我给你看一样东西。”

顾彩虹疑惑地看他，却见他将一张纸放在她面前。

那字迹有些熟悉，她辨认出是自己的，那上面写着：海滩南面，无人之角，包子，危险！

顾彩虹呼吸一窒，几乎不敢置信：“她……”

“是她，也是自救。她给我留下讯息，看来你那时意志过于强大，她都夺不走你的身子，只在那一瞬间隙，给我留下这张字条……让我没有失去你。”戚雨牧将她紧紧搂入怀里。

感受到他温暖炙热的拥抱，她的心又被填满了一些。

她眼眶红了，却不知该说什么。

那时被林翎刺激到，“怪物”那个词一直纠缠在心，再加上失掉孩子的痛苦，一种万念俱灰的感觉，让她一瞬间想到了绝路。

“彩虹，你还要我说多少遍，你的病，孩子的事，我都不在意，我最在意的永远只有一个你。”

“雨牧……”他温沉的告白，让她心悸，眼泪控制不住地唰唰流下。

“如果失去你，那所有的一切都没意思了。”

“我怕自己变成一个怪物。”她想要把自己内心深处最不堪的一面剖析给他看。

戚雨牧用下颌摩挲了一下她的发旋，静静地听她说。

“我怕我的人格分裂越来越严重越来越扭曲，就算以后有孩子，我会不会残忍地对待孩子，就像母亲那样。更恐怖的是，或许我都不知道自己做下的事，变成一个彻头彻尾的怪物和疯子。”她讲出来的时候打了个寒噤。

“我觉得我不该在你身边，你是这么好，而我只会成为你的麻烦。让别人耻笑你有一个精神病妻子，让你成天为我的事情操心焦头烂额，你明明已经那么忙，还休假陪我，我已经影响到你的工作……”

“你不会。”戚雨牧说了三个字，然后吻住她，好像要吻走她所有的不安和惧怕。

“彩虹，看着我。”

男人的声音令她不得不面对他，俊美的脸庞在她带着雾气的眼里逐渐模糊。

他伸手擦过她滴落的眼泪：“另一个你也绝对不会做这样的事。这一点我比你自己都有信心。”

他坚定安静的声音，仿佛拨开所有的雾霾。

戚雨牧轻轻捧起她的脸：“正因为你自己受过那些苦难，你才更不会做这些事。另一个人格的出现，是为了保护你不再遭受这样的痛苦，所以她又怎么会伤害你和你的孩子，那也是她的孩子啊。”

“可是她……”顾彩虹咬唇，想到副人格替她做了不要孩子的决定。

“她的决定，亦是你的决定。彩虹，不妨问问你自己的心，你真的想要这个孩子，没有一丝一毫的害怕跟犹豫？”

戚雨牧的这句话让顾彩虹战栗了一下。

气氛沉默。

戚雨牧不急，等待顾彩虹的回答。

“雨牧，你说得对，我没有准备好要孩子，就算我很想要这个孩子，可我还有那么多的顾虑跟害怕，害怕他会受到药物的影响，害怕他生下来以后我会做出不恰当的事……”

“所以，不要怪她，她是为你好，这也是你的决定，彩虹，这句话你能不能接受？”

顾彩虹终是轻轻点了下头。

“但你又痛苦，非常非常痛苦，把一切都怪在她身上，也不能面对我，觉得你的这个决定是对我的伤害。”

戚雨牧一语中的，他说穿了她所有隐藏在内心的想法，她不敢看他。

“彩虹，抬起头，看着我。如果我告诉你，这也是我的决定，你会相信吗？”

男人温柔的声音仿佛能化解一切。

她泪眼模糊的世界里，只剩一个他。

戚雨牧拥住了她：“所以，不要再怪自己，也不要再怪她了，她做的事是对我们都好的事，她在保护我们。”

童瑞尔给顾彩虹做了检查，在确认了一切情况都比较稳定之后，才松了口气。

戚雨牧送童瑞尔出门，童瑞尔看着他说：“没想到短短几天里发生了那么多事，我都不敢想象如果出了任何一点差错，现在会是什么情形。”

听到戚雨牧和他讲的那些事，他还是心有余悸。

“她现在情况怎么样？”

“还可以，超出我的预期了，各项指数都比较稳定，换句话说她现在的精神状态是稳定的，这是奇迹，也可以说是好消息。”

戚雨牧心中一动：“你是说她的两个人格在融合？”

“对，我就是这个意思，具体的要等你们回到市里，去医院给她做催眠治疗我才能分析肯定。但按照我的经验，是在往好的方面走。”

“我也觉得不可思议。”童瑞尔真诚地看着戚雨牧，“这种情况很少有，或许是你的作用，你的存在让她的两个人格出现了共通融合。戚先生，请你继续给予她鼓励跟关怀，这对她来说很重要。”

“我会的。”

他和童瑞尔握了下手，目送这位匆忙赶过来的医生离开。

海边的午后时光很悠闲，金色的阳光洒进屋里，推开落地窗，就能看到蔚蓝的海面。

顾彩虹在睡了一觉之后，感觉从头到脚都焕然一新，身体里一直以来那股沉重的感觉似乎都烟消云散了。她喜欢现在内心的平静，这种平静十分宁和，令她像沐浴在阳光里一般，身心有股暖融融的味道。

而这温暖在看到推门而入的戚雨牧时，更是注入了悸动与雀跃。

戚雨牧端着一个果盘，那上面五颜六色的瓜果，令人垂涎欲滴。

顾彩虹无法抑制自己嘴角的上扬，事实上只要看到他，她就疯狂心动。

这个样子的他和那年夏天她暗恋的他融为一体，定格成永恒。

“雨牧。”她轻轻唤他的名。

戚雨牧在床边坐下,看着日光里她清透秀美的脸,让他心安又心动。

“你知不知道我很久很久以前就喜欢你了？”

她如梦呓般柔和的声音，令戚雨牧抑制不住自己的心跳。

顾彩虹轻轻抓起他的一只手：“我很早就喜欢你了，不是在我们结婚前，而是比那早很多很多。你念大学的时候，经常来一家叫枫景的咖啡馆。”

戚雨牧心旌摇曳，哑声说：“是。”

他屏息地听她往下说。

“那时候我在枫景打工，总能看到你，坐在那个靠窗的位置，或是温书或是带着电脑打字。午后的阳光照在你的脸上，白色的窗纱轻轻浮动，就和现在一样，你就像一幅画一样，那么温暖那样好看。”

戚雨牧有些震惊，未料到她这样早就见过他，甚至喜欢上他。

“有时候你和朋友们聚在一起，有男的女的，但是我都不太注意他们，因为只要你一出现，我的目光就完全无法从你身上移开。但我喜欢你和朋友们谈笑风生的样子，因为那样的你看上去亲切温柔，更生动了。如果安静的你是一幅画，那动起来的你，就赋予了这幅画灵气，鲜活又真实，每一瞬都让我心动。”

顾彩虹红着脸，讲出自己那埋藏已久的暗恋。

“那时候，我总是和同事调班，还会偷偷地为你调制一杯加奶的咖啡，看久了我记下了你的口味。有时候你没特地点单，我都会悄悄地送一杯给你。不过你也从没问过，我还打算说如果你问了，我就说是店里特惠活动附赠的。”她红着脸，想起自己那时候羞涩又明媚的心意。

“原来是你……”戚雨牧的心绪千回百转，最终恍然大悟。

他倏然紧紧扣住顾彩虹的手。

“嗯？”顾彩虹有些不解。

然而戚雨牧心中如惊涛骇浪，翻越过去，只剩下满满的幸福跟缘分的归属感。

那时候他以为那杯咖啡是林翎特意为他准备的，所以从没想过问一下。这美丽的错误变成致命，偏偏让他误会是林翎。

原来一直让他心动的举动都出自她，他现在满心深爱的妻子。

缘分与爱情，真是妙不可言。

顾彩虹被戚雨牧搂进怀里的时候，还有几分懵懂的呆萌。她轻轻地闭上眼，只知道自己很喜欢很喜欢他的怀抱。

“真好，你那么早就喜欢我了。”他温柔的低语让她面颊透红。

“可你都没发现我。”她轻声抗议，想起自己那时委屈的心思。

“对不起。”他轻柔的吻落在她额头，虔诚而珍爱。

她满心甜蜜，心中如同盛放了玫瑰。

“那时候咖啡馆里经常放一首歌，我一直觉得是最贴切的歌，也是我最喜欢的歌。”

“什么？”他哑声问。

她轻轻哼唱了起来：

还记得那年的夏天，
椰子树占据了海边，
太阳光灿烂得刺眼，
你轻轻吻了我的脸。
……
你是此生最美的风景，
让我心碎却如此着迷，
就算世界动荡，
再绝望也有微笑的勇气。
你是此生最美的风景，
才令我至今一再想起，
这样爱过一个人，
是多幸福的事情。

他抱着妻子，觉得她的声音宛如天籁，这是他听到过的最动听的情歌。

如同歌中所唱，她就是他此生最美的风景。

未来的路，他们会一起走下去，手牵着手，不管是她的病，抑或是任何别的事，都不能把他们分开。

他有足够的信心守护她康复，而她亦是他余生的信念跟勇气。

“彩虹。”他轻轻念着她的名。

“嗯？”

“你会康复的。”

“是。”顾彩虹抬起头，对他绽放了最美的笑颜，那一刻他在她的眼里看到星光，带着希冀、信念和勇气。

戚雨牧闭上眼虔诚地亲吻住她，唇齿之间诉出那句最简单也最真挚的爱语：“我爱你。”

全文完

番外一

guai ta guo fen chong ni

孩子二三事

怪他过分宠溺

戚雨牧和顾彩虹结婚三周年的时候迎来了他们的第一个孩子，是个男孩，取名戚悦笙。名字是爷爷起的，意含一生快乐，生生不息之意。戚雨牧和顾彩虹都很喜欢。

戚悦笙三岁的时候，已经美貌到让路人阿姨都忍不住掐脸的程度。而戚雨牧也发现，他这个儿子，性格偏文静，和他小时候不太一样。

比起在外面和小伙伴抱团撒欢，小宝贝更喜欢静静地待在他妈妈身边，听妈妈弹琴。

因为工作的关系，戚雨牧在米兰待了半个月，回来的那天恰逢他与顾彩虹结婚六周年纪念日。

戚雨牧早已为妻子准备了礼物，与往年不同的是，今年还捎带上了小宝贝的。因为去年纪念日的时候，小宝贝在看他给彩虹礼物的时候，笑眯了眼对他伸出了手："爸爸，我的呢？"

于是乎，今年戚雨牧没忘了小宝贝。

分离半月，戚雨牧归心似箭。

盛安在他上车后把一个平板电脑交给他："董事长，这是昨天新季珠宝展媒体的相关报道。"

戚雨牧坐在后座上，点开看。

“芬永珠宝举行了新季发布会，发布了今夏的主题珠宝。与往年不同的是，今年珠宝展上有一款命名为‘纯净之珠’的项链吸引了大家的目光。据悉这条项链的设计者正是芬永珠宝的董事长兼首席设计师戚雨牧先生。

“项链采用珍珠与钻石两大元素，灵动精巧的设计让人叹为观止，钻石的雕刻工艺炉火纯青，呈现奇妙的悬浮姿态。

“而点睛之笔的珍珠，柔和的雾点光芒与钻石相契合，使整条项链都宛如幻梦的光耀。

“当场就有许多客户想要拥有，然而芬永珠宝官方宣称这条项链是非卖品，只此一条。是戚雨牧先生专门为太太设计的结婚六周年纪念礼物……”

新闻播报的女中音继续讲述着珠宝展内容，戚雨牧浏览完后，听到副驾驶座上盛安兴奋地说道：“昨天展览后，客户的反馈很好，截止目前统计，订单量已比去年同期增长百分之十。”

戚雨牧将平板电脑放到一边，又听盛安说：“董事长，要先去趟祖宅吗？戚老有事吩咐。”

戚雨牧坚定地说：“先回家。”

“是。”盛安不敢怠慢，暗想也是啊，老板都跟爱妻分别半个月了，当然归心似箭。

他当即示意司机直接送戚雨牧回家。

戚雨牧进门的时候发现家里面静悄悄的。他看了下时间，明白是小宝贝午睡的时间。

他放轻了动作，开启卧室的门，果然见到一大一小相拥而眠，小宝贝依偎在彩虹怀里，手指还调皮地揪着她一缕长发，嘴巴努着，一副睡得正香的模样。

苹果一样红扑扑的小脸，真想让人啃一口。然而戚雨牧情不自禁地先去亲吻了妻子。

顾彩虹同样睡得香甜。戚雨牧伸手轻轻将被小宝贝揪着的那缕长发从他手心掏出，生怕等下他拽疼了妻子。

他蹑手蹑脚地走去浴室，静静地冲澡之后，也爬上床揽着妻子和孩子睡成了一团。闭目睡去的时候，戚雨牧感到心底深处的安宁与放松。

午后的阳光透过窗帘洒落在卧室里，映照着这幅最美的画面。

戚雨牧一觉醒来发现外面已近黄昏，身边妻子和儿子都不在。他推门走出去，就听到客厅里面传来的古筝琴声。

心里因为不见妻儿的空荡瞬间被填满，这样安闲的琴筝之声戚雨牧并不陌生。很显然，顾彩虹又沉浸在自己的演奏里。

他喜欢听她弹琴，幽幽古韵里，有种属于家的温柔。

而一个稚气清亮的声音打破了这片宁静："妈咪，我也想戴那个。"

顾彩虹笑着回应他："这个假指甲吗？"

"嗯嗯。"三岁的戚悦笙拼命点头，一脸兴奋期待地看着顾彩虹。

“怎么办，小笙的手太小了，要再大一点才可以。”他听到妻子故意逗孩子的声音。她的语气是这样温柔，却又有一丝俏皮，令他心动。

“可以的！”小宝贝一脸的不妥协。

“过来。”彩虹向小宝贝伸出了双手。

小宝贝猛地往她怀里扑，瞬间抱个满怀。

顾彩虹拿起一片义甲，又握住儿子的一根手指。

“你看，是不是太小了？”她轻笑的声音。

“……”

小宝贝被她逗得满脸委屈，嘛着嘴正准备乖巧地收回自己的手。顾彩虹飞快地在他指尖亲吻了一下：“妈咪爱笙笙。”

“笙笙也爱妈咪。”小宝贝瞬间情绪高扬，大声回应。

顾彩虹咯咯笑了起来，开始帮小团子缠手指的胶带。

“像这样，缠绕两到三圈，看，固定住了。”

“太大了。”小宝贝自己也发觉了。

顾彩虹轻轻抓住他的手，在琴弦上拨了一下。

琴弦发出一声清脆的声响。

“响了响了。”小宝贝惊喜地鼓掌。

“小笙喜欢这个？”

“嗯！”小宝贝清脆地应了一声，一双澄澈的大眼睛望着她。

“那么，妈咪领着小笙弹好吗？”

小宝贝一颗小脑袋点得如同捣蒜。

在顾彩虹的引领下，小宝贝拨出了几个勉强成调的零星音律。

“不好听。”他摇摇头，星星一样的眼睛望着顾彩虹，“妈咪，我要听那个春、春……”

顾彩虹莞尔：“《春江花月夜》，我们小笙的品位很好呀。”

小宝贝回以她一张最可爱的笑脸。

顾彩虹双手认真地弹奏起来，一曲《春江花月夜》的乐声缓缓地流淌。

戚雨牧不禁走过去，只为更清楚地看到妻子。

她乌黑的秀发披散在肩膀，他们的孩子就坐在她身旁，长长的琴椅上，一大一小两个身影。

她演奏的时候表情总是很专注，那种秀丽的风采是只属于弹奏的彩虹的。

戚雨牧爱极了她的这一面。

他的眼神倾慕温柔，一眨不眨地望着她。

一曲弹奏完，小宝贝开心地拍起手来：“好棒好棒。”

戚雨牧忍不住走过去，从背后搂住一大一小两个，一个吻轻柔地落在顾彩虹额头。

顾彩虹面颊一红：“你醒了。”

她醒来看到归来的丈夫，起床时特意抱着小宝贝蹑手蹑脚地离开，就为了不吵醒他，让他可以更好地休息，不料他不声不响地起床了。

“爸爸，要抱抱！”小宝贝伸直了手臂，一副待抱的奶憨样。

戚雨牧一把将他高高抱起。

小宝贝欢呼起来："要高高！要高高！"

戚雨牧干脆让他骑坐到自己脖子上，小家伙心满意足地咯咯笑，小手搂着爸爸的脖子。

晚餐时，戚悦笙被放到他的儿童椅里，香香地吃着，不过餐盘里还是有他讨厌的东西，比如青豆。

于是，他趁顾彩虹不注意，飞快地把一颗青豆往爸爸碗里扒。戚雨牧很配合地不动声色地替他吃掉，迅速"毁尸灭迹"。

在他们背着顾彩虹第三次"暗度陈仓"的时候，听到顾彩虹轻柔的声音："小笙，不要挑食，自己乖乖地吃一颗青豆好吗？"

"喔……"小宝贝有气无力地回应。

闻言，戚雨牧竟觉得面颊一烫，就好像小时候做了坏事被抓包的心情，毕竟他在纵容儿子挑食。

抬起头，他以为她会娇嗔地瞪自己一眼，谁料她温柔而笑。

戚雨牧一瞬屏息心动，他意识到自己的妻子真的和别的女人都不一样，她是如此生动通透善解人意，只有她，可以让他心中溢满温柔。

晚饭后是育儿时间。

好不容易哄好了小宝贝让他洗了澡睡着，戚雨牧下一刻紧紧地抱住顾彩虹。

顾彩虹在他怀里脸红心跳，虽然都老夫老妻了，可这个怀抱对她而言，每时每刻都充满了心动的诱惑。

“想我吗？”她听到男人温柔暗哑的声音。

她面颊更烫了，感觉空气都在升温。

“想。”她轻声回应。

下一秒，她便被男人生猛地吻住。

“结婚纪念日快乐，戚太太。”戚雨牧搂着妻子。

属于他们的热夜才刚刚开始。

番外三

藏在笔记本里的旧字条

坐在车里的时候，顾彩虹的神色还是不太好。

戚雨牧握住她的手：“别担心小笙，妈会照顾好他的。”

“雨牧，坦白讲，我不太信任她。”顾彩虹轻轻咬住唇，对上丈夫的眼睛。

戚雨牧能理解她。顾彩虹的病情被知道的那年，许惠琳忏悔过，声泪俱下地求顾彩虹原谅。虽与女儿和解；但过去的阴影根深蒂固，那堵心墙永远存在。

“盛安也在。”戚雨牧出声安慰。

顾彩虹点了点头，神情舒展了一些。

“萧飞安排这个周末，特意让我们去看看他未婚妻的。”

“没想到他都要结婚了。”

“嗯？他结婚是很奇怪的事吗？”戚雨牧有些好笑。

顾彩虹瞧了眼安静开车的司机：“就……不是很好说，总之我认为他不是适合婚姻生活的男人。”

戚雨牧明白她是不想背后说人，便停止了这个话题。

萧飞是他最好的朋友，他自然也希望好友能够婚姻美满。

到达萧飞安排的温泉山庄的时候，萧飞和他的未婚妻方若桐一起迎了出来。顾彩虹之前就见过方若桐，对这个美丽的女孩印象很好。

萧飞果然安排了很丰富的活动。

除了他们夫妇，萧飞还邀请了一些其他朋友，有男有女，美其名曰最后的单身 party，一时之间好不热闹。

顾彩虹先回房间休息，明天萧飞准备带他们乘船去不远处的岛上探秘。

既然是温泉山庄，客人自然都会享受一下特色的温泉服务。

顾彩虹喜欢温泉对面的山景，浸泡在温热的水中，隔着玻璃看那边青葱如画，有种疏朗开阔的感觉。

戚雨牧好不容易从萧飞那边抽身回来的时候，顾彩虹已经泡完温泉，穿着浴衣坐在窗边的榻榻米上写着什么。

戚雨牧熟悉那本褐色封皮的笔记本，那是她的日记本。

顾彩虹有写日记的习惯，这也是医生建议的一种治疗方式。现在顾彩虹病好了，但她把这个习惯延续下来，喜欢在日记本上记一些东西。

戚雨牧自然不会去窥探她的隐私，虽然他很好奇她到底写了些什么，有多少是与自己有关的。

“泡温泉舒服吗？”他走近妻子，情不自禁地在她额上吻了一下。

“嗯，非常舒服，山景很美。”顾彩虹回应地抱了他一下。

戚雨牧不满她的敷衍，便一下搂过她的腰，顺着怀抱把她囚在怀中索要了一个密密实实的亲吻。

一吻方毕，顾彩虹的面容染上霞色，她依偎在戚雨牧怀里，喜欢这样静谧相拥的时刻。

“你为什么说萧飞不适合结婚？”戚雨牧有些好奇，想到方才萧飞神采飞扬地嚷嚷单身结束的模样。

身为男人，他倒是觉得萧飞这次很认真，不懂顾彩虹为什么不看好。

“他是中央空调类型的男人。”顾彩虹声音轻细。

戚雨牧一头雾水：“中央空调？”

“暖所有人。”顾彩虹言简意赅。

“那不是很绅士吗？很多女性都很喜欢和他交朋友，夸赞他绅士。”

“还好你是根木头。”顾彩虹拥住戚雨牧，纤细的手臂环住他的腰身，“真好，是我一个人的木头。”

“戚太太，虽然这听上去不是一个好词，但我还是觉得你在夸赞我。”戚雨牧因她主动亲昵的举止，心跳怦然。

一个人的木头，这形容虽然他不是很满意，却尤为觉得甜蜜。

“男士是应该绅士，可是倘若一个男人，对谁都是温柔以待，身边的女性，无论亲密与否，他都会笑着，伸出手臂搀扶她们，或是从不拒绝她们任何的请求……

“虽然在外人看来他是一个很绅士很好的男人，但是若桐心里应该不会很高兴。今天过桥的时候，他去搀扶安妮，还跟她打趣开玩笑，亲密地手拉着手。

“可能对他来说和他平时的作为没什么不同，也没觉得自己做错。

但若桐很难过，我看到了她的失望。”

顾彩虹轻叹一声：“萧飞是个不错的人，可他未必是个好恋人。因为他真的不懂，对谁都没有距离感，也是一种渣。”

“渣？”戚雨牧怔了一下。

“渣男，戚先生，我发现你的网络用词贫乏，应该多去学学年轻人的词汇。”顾彩虹轻笑出声。

“你们女人脑袋里想的东西真的不一样。”戚雨牧一副学到了的样子，少见的俏皮。

顾彩虹轻轻捶打了他一下。

她依偎在他胸口：“所以我才那么喜欢你，还记得那时候晚宴上对你示好的那位部长小姐吗？”

“秦小姐，我们还没亲到可以互叫名字的地步。”顾彩虹学着那年他的口吻，讲完咯咯笑起来。

戚雨牧一时拿她毫无办法，有点赧然。

“戚先生，你这样很好很好。我可太喜欢你了。”顾彩虹忽然抬头，深深凝视戚雨牧。

她清澈的眼睛里写满了温柔深爱，令戚雨牧屏息。

“戚太太，你再这样看我，会让我想做过分的事情。”

听着男人喑哑的声音，顾彩虹重新红着脸将头埋进他怀里。

戚雨牧摩挲着她的发旋，与她十指相扣，这个拥抱亲昵绵长，令顾彩虹舒服得不想离开。

手机响起的时候，她瞥见了来电人的名字。

“小笙的电话，他刚刚要我视频外面的景色，我去阳台上跟他讲。”

于是，戚太太一下从戚先生怀里跳脱出来，注意力被儿子吸引走了。

戚雨牧面对空荡荡的怀抱，一时间也分不清是怅然若失还是心怀空虚，他无奈地笑了笑。

忽然，他瞥见地板上一张泛黄的纸片，捡了起来。

他发誓他不是故意要窥探太太隐私的。

只是看到上面的字，他马上意识到这是从顾彩虹笔记本里掉出来的纸笺。

这纸上有两种字迹，戚雨牧认出了顾彩虹的，也辨认出了另一个字迹……居然是自己的？

他怔怔地凝视良久，他写了什么呢？

“咖啡加奶，柠檬茶，抹茶奶昔。”

戚雨牧无语，脑海里仿佛有什么慢慢地苏醒。

他看着顾彩虹写在旁边的一行隽秀字迹：“我的心是旷野的鸟，在你的眼睛里找到了它的天空。”

很显然这来自某一句表白的诗句，只是她这样写在自己的字旁，过分旖旎。这其中的甜蜜缱绻让戚雨牧脸红心跳。

他呆呆看了好一会儿，指尖摩挲着那张泛黄的纸，直到顾彩虹通完电话从阳台走进来。

看清楚戚雨牧手中的东西，她瞬间红了脸。

“还给我。”

这句话说得很没气势，娇小的身影扑过来想要抢回自己一直珍藏却又不想被他看见的东西，却被心爱的男人抱个满怀。

戚雨牧的面颊贴在她颈项，虽然老夫老妻，顾彩虹还是感觉自己的脸烧到不行。

“看来你真的很喜欢我。”他喑哑温柔的声音响在顾彩虹耳边。

“很窘好不好？”她咬着唇，不敢看他的眼睛。

“我都不记得自己什么时候写过这样的字条。”

“下单。”顾彩虹红着脸瞪他一眼。

“我应该早点认识你，真想看看那年那个脸红心跳偷看我的小服务生。”

“你别得了便宜还卖乖。”戚太太小声警告。

“我爱你。”戚雨牧笑起来。

那笑容是如此甜漾迷人，顾彩虹心动到思绪一片空白。

她抱着丈夫的脖子，轻轻印上他的唇，虔诚地回予他同样的爱语：“我爱你，我的戚先生。”

图书在版编目（CIP）数据

怪他过分宠溺 / 海汐著. — 石家庄 ： 花山文艺出版社，2020.7
ISBN 978-7-5511-5174-0

Ⅰ. ①怪… Ⅱ. ①海… Ⅲ. ①长篇小说－中国－当代 Ⅳ. ①I247.5

中国版本图书馆CIP数据核字(2020)第085209号

书　　名： 怪他过分宠溺
GUAI TA GUOFEN CHONGNI
著　　者： 海　汐

统筹策划： 张采鑫
特约编辑： 雪　人
责任编辑： 于怀新
美术编辑： 胡彤亮
责任校对： 卢水淹
装帧设计： 颜小曼　西　楼
封面绘制： 棱-Edge
出版发行： 花山文艺出版社（邮政编码：050061）
（河北省石家庄市友谊北大街330号）
销售热线： 0311-88643221/29/35/26
传　　真： 0311-88643225
印　　刷： 湖南凌宇纸品有限公司
经　　销： 新华书店
开　　本： 880×1230　1/32
印　　张： 9.125
字　　数： 183千字
版　　次： 2020年7月第1版
2020年7月第1次印刷
书　　号： ISBN 978-7-5511-5174-0
定　　价： 39.80元